CUENTOS DEL TERRUÑO

EMILIA PARDO BAZÁN

El día era radiante. Sobre las márgenes del río flotaba desde el amanecer una bruma sutil, argéntea, pronto bebida por el sol.

Y como el luminar iba picando más de lo justo, los expedicionarios tendieron los manteles bajo unos olmos, en cuyas ramas hicieron toldo con los abrigos de las señoras. Abriéronse las cestas, salieron a luz las provisiones, y se almorzó, ya bastante tarde, con el apetito alegre e indulgente que despiertan el aire libre, el ejercicio y el buen humor. Se hizo gasto del vinillo del país, de sidra achampañada, de licores, servidos con el café que un remero calentaba en la hornilla.

La jira se había arreglado en la tertulia de la registradora, entre exclamaciones de gozo de las señoritas y señoritos que disfrutaban con el juego de la lotería y otras igualmente inocentes inclinaciones del corazón no menos lícitas. Cada parejita de tórtolos vio en el proyecto de la excelente señora el agradable porvenir de un rato de expansión; paseo por el río, encantadores apartes entre las espesuras floridas de Penamoura. El más contento fue Cesáreo, el hijo del mayorazgo de Sanin, perdidamente enamorado de Candelita, la graciosa, la seductora sobrina del arcipreste.

Aquel era un amor, o no los hay en el mundo. No correspondido al principio, Cesáreo hizo mil extremos, al punto de enfermar seriamente: desarreglos nerviosos y gástricos, pérdida total del apetito y sueño, pasión de ánimo con vistas al suicidio. Al fin se ablandó Candelita y las relaciones se establecieron, sobre la base de que el rico mayorazgo dejaba de oponerse y consentía en la boda a plazo corto, cuando Cesáreo se licenciase en Derecho. La muchacha no tenía un céntimo, pero... ¡ya que el muchacho se empeñaba! ¡Y con un empeño tan terco, tan insensato!

-Allá él, señores... -así dijo el mayorazgo a sus tertulianos y tresillistas, otros hidalgos viejos, que sonrieron aprobando, y hasta clamando "enhorabuena", fácilmente benévolos para lo que no les "llegaba el bolsillo"... Al cabo, ellos no habían de dar biberón a lo que naciese de la unión de Cesáreo y Candelita.

-La felicidad del noviazgo la saboreó Cesáreo desatadamente. Loco estaba antes de rabia, y loco estaba ahora de júbilo; las contadas horas que no pasaba al lado de su novia las dedicaba a escribirle cartas o a componer versos de un lirismo exaltado. En el pueblo no se recordaba caso igual: son allí los amoríos plácidos, serenos, con algo de anticipada prosa casera entre las poesías del idilio. Envidiaron a Candelita las niñas casaderas, encubriendo con bromas el despecho de no ser amadas así; y cuando, al preguntarle chanceras qué hubiese sucedido si Candelita no le corresponde, contestaba Cesáreo rotundamente: "me moriría", las muchachas se mordían el labio inferior. ¡Qué tenía la tal Candelita más que las otras, vamos a ver!...

En la jira a Penamoura estuvo hasta imprudente, hasta descortés, el hijo del mayorazgo: de su proceder se murmuraba en los grupos. Todo tiene límite; era demasiada cesta. Aquellos ojos que se comían a Candelita; aquellos oídos pendientes del eco de su voz; aquellos gestos de adoración a cada movimiento suyo... francamente, no se podían aguantar. Mientras la parejita se aislaba, adelantándose castañar arriba, a pretexto de coger moras, el sayo se cortó bien cumplido; sólo el viejo capitán retirado, don Vidal, que dirigía la excursión, opinó con bondad babosa que eran "cosas naturales", y que si él se volviese a sus veinticinco, atrás se dejaría en rendimiento y transporte a Cesáreo...

Habían decidido emprender el regreso a buena hora, porque, en otoño, sin avisar se echa encima la noche; pero ¡estaba tan hermoso el pradito orlado de espadañas! ¡Si casi parecía que acababan de comer! ¡Si no habían tenido tiempo de disfrutar la hermosura del campo! Daba lástima irse... Además, tenían luna para la navegación. Fue oscureciendo insensiblemente, y con la puesta del sol coincidió una niebla, suave y ligera al pronto, como la matinal, pero que no tardó en cerrarse, ya densa y pegajosa, impidiendo ver a dos pasos los objetos. Don Vidal refunfuñó entre dientes:

-Mal pleito para embarcarse. Vararemos.

Y ello es que no había otro recurso sino regresar a la villa...

Al acercarse a la barca los expedicionarios, no parecían ni patrón ni remeros. La registradora empezó a renegar:

-¡Dadles vino a esos zánganos! ¡Bien empleado nos está si nos amanece aquí!

Por fin, al cabo de media hora de gritos y búsqueda, se presentaron sofocados y tartajosos los remerillos. Del patrón no sabían nada. Se convino en que era inútil aguardar al muy borrachín; estaría hecho un cepo en alguna cueva del monte; y el remero más mozo, en voz baja, se lo confesó a don Vidal:

-Tiene para la noche toda. No da a pie ni a pierna.

-¿Sabéis vosotros patronear? -preguntó Cesáreo, algo alarmado.

-Con la ayuda de Dios, saber sabemos -afirmaron humildemente. Se conformaron los expedicionarios, y momentos después la embarcación, a golpe de remo, se deslizaba lentamente por el río. Asía don Vidal la caña del timón y guiaba, obedeciendo las indicaciones de los prácticos.

Hacía frío, un frío sutil, pegajoso. La gente joven empezó a cantar tangos y cuplés de zarzuela. El boticario, para lucir su voz engolada, entonó después el Spirto. Las señoras se arropaban estrechamente en sus chales y manteletas, porque la húmeda niebla calaba los huesos. Cesáreo, extendiendo su ancho impermeable, cobijaba a Candelita, y confundiendo las manos a favor de la oscuridad y del espeso tul gris que los aislaba, los novios iban en perfecto embeleso.

-Nadie ha querido como yo en el mundo -susurraba el hijo del mayorazgo al oído de su amada.

-Esto no es cariño, es delirio, es enfermedad. ¡Soy tan feliz! ¡Ojalá no lleguemos nunca!

-¡Ciar, ciar, pateta! -gritó, despertándole de su éxtasis, la voz vinosa de un remero-. ¡Que vamos cara a las peñas! ¡Ciar!

Don Vidal quiso obedecer... Ya no era tiempo. La barca trepidó, crujió pavorosamente; cuantos en ella estaban, fueron lanzados unos contra otros. La frente de Cesáreo chocó con la de Candelita. En el mismo instante empezó a sepultarse la barca. El agua entraba a borbollones y a torrentes por el roto y desfondado suelo. Ayes agónicos, deprecaciones a santos y vírgenes, se perdían entre el resuello del abismo que traga su presa. Era el río allí hondo y traidor, de impetuosa corriente. Ningún expedicionario sabía nadar, y se colaban apelotados en los abrigos y chales que los protegían contra la penetrante niebla, yéndose a pique rectos como pedruscos.

Aturdido por el primer sorbo helado, Cesáreo se rehízo, braceó instintivamente, salió a la superficie, se desembarazó a duras penas del impermeable y exclamó con suprema angustia:

-¡Candela! ¡Candelita!

Del abismo negro del agua vio confusamente surgir una cara desencajada de horror, unos brazos rígidos que se agarraron a su cuello.

-¡No tengas miedo, hermosa! ¡Te salvo!

Y empezó a nadar con torpeza, a la desesperada. Sentía la corriente, rápida y furiosa, que le arrastraba, que podía más.

-Suelta... No te agarres... Échame sólo un brazo al cuello... Que nos vamos a fondo...

La respuesta fue la del miedo ciego, el movimiento del animal que se ahoga: Candelita apretó doble los brazos, paralizando todo esfuerzo, y por la mente de Cesáreo cruzó la idea: "Moriremos juntos".

El peso de su amada le hundía, efectivamente; el abrazo era mortal. Se dejó ir; el agua le envolvió. Su espinilla tropezó con una piedra picuda, cubierta de finas algas fluviales. El dolor del choque determinó una reacción del instinto; ciegamente, sin saber cómo, rechazó aquel cuerpo adherido al suyo, desanudó los brazos inertes; de una patada enérgica volvió a salir a flote, y en pocas brazadas y pernadas de sobrehumana energía arribó a la orilla fangosa, donde se afianzó, agarrándose a las ramas espesas de los salces. Miró alrededor: no comprendía. Chilló, desvariando:

-¡Candelita! Candela!

La sobrina del arcipreste no podía responder: iba río abajo, hacia el gran mar del olvido.

Alborozados soltaron los picos y las llanas, se estiraron, levantaron los brazos el cielo nubloso, del cual se escurría una llovizna menudísima y caladora, que poco a poco había encharcado el piso. Antes de descender, deslizándose rápidamente de espaldas por la luenga escala, cambiando comentarios y exclamaciones de gozo pueril, bromas de compañerismos -las mismas bromas con que desde tiempo inmemorial se festeja semejante suceso-, uno, no diré el más ágil -todos eran ágiles-, sino el de mayor iniciativa, Matías, desdeñando las escaleras, se descolgó por los palos de los mechinales, corrió al añoso laurel, fondo del primer término del paisaje, cortó con su navaja una rama enorme, se la echó al hombro, y trepando, por la escalera esta vez, a causa del estorbo que la rama hacía, la izó hasta el último andamio, y allí la soltó triunfalmente. Los demás la hincaron en pie en la argamasa fresca aún y el penacho del xeste quedó gallardeándose en el remate de la obra. Entonces, entrope, empujándose, haciéndose cosquillas, bajaron todos.

Eran obreros -no condenados, como los de la ciudad, a la eterna rueda de Ixión de un trabajo siempre el mismo-. Mestizo de cantero y labriego, en verano sentaban piedra, en invierno atendían a sus heredades. Organizados en cuadrilla, iban a donde los llamasen, prefiriendo la labor en el campo, porque en las aldeas, ¡retoño!, se vive más barato que en el pueblo, se ahorra casi todo el jornal, para llevarlo, bien guardado en una media de lana, a la mujer, y mercar el ternero, y el cerdo, y las gallinas, y la ropa, y la simiente del trigo, y algún pedacillo de terruño. No sentían la punzada del ansia de gozar como los ricos, que asalta al obrero en los grandes centros; el contacto de la tierra les conservaba la sencillez, las aspiraciones limitadas del niño; disfrutaban de un inagotable buen humor, y la menor satisfacción material los transportaba de júbilo. Sus almas eran todavía las transparentes y venturosas almas de los villanos medievales.

Se atropellaban por la escala, sonando en los travesaños húmedos la madera de los zuecos, y ya abajo hacían cabriolas, despreciando la frialdad insinuante de la llovizna triste y terca. ¿Qué importaba un poco de friaje?, Ya se calentarían bien por dentro, con el mejor abrigo, el abrigo de Dios que es la comida y la bebida. Allá lejos divisaban el humo, corona de la chimenea de la casa señorial, y el montón de leña ardiendo que producía aquel humo les guisaba su cena, la cena solemne del xeste, el banquete extraordinario ofrecido desde la primavera para el día en que terminasen las paredes del nuevo edificio. ¡Daba gusto tratar con señores, no con contratistas miserables! El xeste del contratista..., sabido: un cuarterón de aguardiente, una libra de pan reseso. ¡En el obsequio del señor se veía lo que es rumbo! El agua se les venía a la boca. Se miraron, se hicieron guiños, saboreando la proximidad del placer, en el cual pensaban a menudo ya desde el instante en que los peones abrieron la zanja de los cimientos.

Era temprano aún para que la cena estuviese lista, pero convinieron en dirigirse cara allá, y Matías se ofreció a enjaretarse con cualquier pretexto en la cocina y adelantarles noticias del festín. Vistiéndose las chaquetas sobre las camisas mojadas y la cuadrilla se puso en camino, zanqueando, aplastando la hierba sembrada de pálido aljófar. A pocos pasos de la casa, ante la tapia del huerto, se pararon, irresolutos; pero aquel enredante de Matías, como más despabilado, se fue muy serio hacia el abierto portón, lo cruzó, y al cabo de diez minutos volvió agitando las manos, bailando los pies. ¡Qué cena, recacho, qué convite! Aquello era lo nunca visto ni pensado. ¡Unas cazuelas así... y que echaban un olido! ¡El vino en ollas, para sacarlo con el cacillo de la herrada; y hasta postres, arroz con leche, manzanas asadas con azúcar! ¡Y orden del señor de que podían entrar y calentarse a la lumbre mientras se acababa de alistar la comilona! Entrasen todos, canteros y peones, y

el chiquillo carretón de los picos, también... Matías, volviéndose algo contrariado, añadió:

-Tú no, Carrancha... Tú quédate...

Nadie protestó. Era un parásito desmirriado, un mendigo, que no formaba parte de la cuadrilla.

Sin fuerzas para trabajar, medio tísico, se pegaba a los canteros, y como no hay pobre que no pueda socorrer a otro, le daban corruscos de pan de maíz, restos de su frugal comida. Carracha padecía hambre crónica; para pedir limosna alegaba males del corazón, mil alifafes; pero su verdadera enfermedad, el origen de su consunción, era el no comer, el haber carecido de sustento desde la lactancia, pues estaba seca su madre... La cocinera de los señores no quería a Carracha de puertas adentro, en razón de que una vez faltó una cuchara de plata, coincidiendo con haber dado al mendigo sopas en escudilla de barro y con cuchara de palo. Carracha quedó excluido; ni en ocasión tan señalada había indulgencia para él. Se le oscureció el semblante demacrado, lo mismo que si lo envolviesen en negro tul. ¡No ver el comidón! Sólo con verlo, sin catarlo, imaginaba que se le calentaría la panza floja y huera. La cuadrilla, con alegre egoísmo, reía de la decepción del infeliz, y, a empellones,

se precipitaba adentro, a aquel paraíso de la cocina... ¡Pues lo que es él, Carracha, no se movía de allí! Y se quedó fuera, hecho un can humilde...

A las siete en punto sacaban, humeantes, las grandes tazas de caldo de pote, y el señor se aparecía un momento, risueño, longánimo.

-A comer, muchachos; a rebañarme bien esas tarteras; que no quede piltrafa; denles cuanto necesiten... ¡Que nada les falte!

Desapareció, para que comiesen con más libertad, y empezó el cuchareo, alrededor de la larga mesa de nogal bruñido por el uso. ¡Vaya un caldo, amigos, vaya un caldo de chupeta! Caldo lo comían diariamente los canteros: constituía su alimentación; pero era un aguachirle, unas patatas y unas berzas cocidas sin chiste ni gracia. Por real y medio diario de hospedaje, ¿qué manutención se le da a un cristiano, vamos a ver?

A este caldo no le faltaba requisito: su grasa,sus chorizos, su rabo, sus tajadas de carne... Y al elevar la cuchara a la boca, los canteros se estremecían de beatitud. Sólo en Nadal, y allá por Antruejo, y el día de la fiesta de la parroquia, les tocaba un caldo algo sabroso, ¿pero como este? ¡Los guisantes de los señores tienen un sainete particular! Cada cual despachó su tazón; muchos pidieron el segundo. Que viniese después gloria. No sería mejor que aquel caldo. Y Matías, chistoso como siempre -¡condenado de Matías!-, anunció a voz en cuello, jactándose:

-Yo, de cuanto venga, he de arrear tres raciones. Lo que coman tres, ¿oís? cómolo yo.

-No eres hombre para eso -observó flemáticamente Eiroa, el viejo asentador de piedra, siempre esquinado con Matías.

Y éste, que acababa de echarse al coleto dos cacillos de vino seguidos, respondió con chunga y sorna:

-¿Que no soy hombre? Pues aventura algo tú... Aventúrame siquiera un peso de los que llevas en la faja.

Hubo una explosión de carcajadas, porque la avaricia de Eiroa era proverbial. ¡Jamás pagaba aquel roña un vaso! Pero el asentador, echando a Matías una mirada de través, replicó, con igual tono sardónico:

-Bueno, pues se aventura, ¡retoño! Un peso te ganas o un peso me gano. ¡Recacho, Dios!

¡Cerrada la apuesta! Los canteros patearon de satisfacción. ¡Cómo iban a divertirse! Eiroa, sin perder bocado, con la ojeada que tenía para notar si las piedras iban bien de nivel, se dedicó a vigilar a Matías. ¡No valen trampas! Sí; en trampas estaba pensando Matías. A manera de corcel que siente el acicate, su estómago respondía al reto abriéndose de par en par, acogiendo con fruición el delicioso lastre. Después de las tres tazas de caldo con tajada y otros apéndices, cayeron tres platos de bacalao a la vizcaína, de lamerse los dedos, según estaba blando, sin raspas, nadando en aceite, con el gustillo picón de los pimientos. Luego, despojos de cerdo con habas de manteca, y en pos la paella, o lo que fuese; un arroz en punto, lleno de tropezones de tocino, que alternaban con otros de ternera frita; y los estipulados tres platos llenísimos a cogulo, fueron pasando -ya lentamente- por el tragadero de Matías. Sordos continuos del rico tinto del Borde le ayudaban en la faena.

Empezaba a sentir un profundo deseo de que el lance de la apuesta parase allí, de que no sirviese la cocinera más platos. La algazara de los compañeros le avisó: aparecía un nuevo manjar, tremendo; unas orondas, rubias, majestuosas empanadas de sardina. A Matías le pareció que eran piedras sillares, y que sentía su peso en mitad del pecho, oprimiéndole, deshaciéndole las costillas. Una ojeada burlona del asentador le devolvió ánimos. ¡Aunque reventara! Y, fanfarroneando, pidió media empanada para sí. Mejor que andar ración por ración. ¡Venga media empanada! Un murmullo de asombro halagador para su vanidad corrió por la mesa. La cocinera reía, mirando con babosa ternura a aquel guapo muchacho de tan buen diente. Y le partió la empanada, dejándole el trozo mayor.

Principió a engullir despacio, auxiliándose con el tinto. Masticaba poderosamente, y la indigesta pasta descendía, revuelta con el craso y plateado cuerpo de las sardinas, con el encebollado y el tomate del pebre. Le dolían las mandíbulas, y hubo un momento en que lanzó un suspiro hondo, afanoso, y paseó por la cocina una mirada suplicante, de extravío. Eiroa soltó una pulla.

-¡No es hombre quien más lo parece!

-¡Recacho! ¡Eso quisieras! ¡Se gana el peso!

Y el cantero, con esfuerzo heroico, supremo, pasó el último bocado de empanada y tendió el plato para que se lo llenasen de lo que a la empanada seguía: el arroz con leche y canela, al cual acompañaban unas tortas de huevo y miel, tan infladas, que metían susto... A la vez que los postres sirvióse el aguardiente, una caña de Cuba, especial. ¡Qué regodeo, qué fiesta, qué multiplicidad de sensaciones voluptuosas, refinadas! La cuadrilla estaba en el quinto cielo; perdido ya del todo el respeto a la cocina de los señores, hablaban a gritos, reían, comentaban la colosal apuesta. El desfallecimiento de Matías era visible. ¿A que no colaban los tres platazos de arroz? ¡Bah! ¡A fuerza de caña! El cantero, moviendo la cabeza abotagada, hacía señas de que sí, de que colarían, y pasaba cucharadas, dolorosamente, como quien pasa un vomitivo.

Allá fuera, Carracha, el excluido, se pegaba a la pared, a fin de percibir olores, escuchar ruidos, participar con la exaltada imaginación del hartazgo. Sus narices se dilataban, sus fauces se colmaban de saliva. ¡Qué no diera él por verse a la vera del fogón! ¡Y cuánto duraba la comilona! Matías le había prometido traerle algo, la prueba, en un puchero... ¿Se acordaría?... A todo esto, el agua menuda de antes, el frío orvallo, iba convirtiéndose en lluvia seria, y el hambrón sentía sus miembros entumecidos, y bajo sus pies unas suelas de plomo helado. Temblaba, pero no se iba, ¡quiá! El mastín de guarda le labró dos o tres veces, enseñándole los dientes agudos, pero le conocía desde antes de aquello de la cuchara, y el ladrido fue sólo una especie de fórmula, cumplimiento de un deber.

¡Atención! ¿Qué clamor se alzaba de la cocina? ¿Reñían acaso? ¿Una desgracia? El hambriento vio que la puerta se abría con ímpetu, y salían disparados de la cuadrilla hechos unos locos.

-¡El médico! ¡El médico!... -dijeron al pasar...

Carracha notó que la puerta no se cerraba, y con su timidez canina, haciéndose el chiquito, se coló dentro, mascando el aire espeso, saturado de emanaciones de guisos sustanciosos y bebidas fuertes. Nadie le hizo caso. Rodeaban a Matías; le habían arrancado la chaqueta, desabrochado la camisa; le echaban agua por la cara, y su pelo negro, empapado, se pegaba al rostro violáceo por la fulminante congestión. Y el cantero no volvía en sí..., ni volvió nunca. Según el médico, que llegó dos horas después -vivía a legua y media de allí-, de la congestión podría salvársele, pero había sido lo peor que al hincharse los alimentos, el estómago de Matías se abrió y se rajó, como un saco más lleno que su cabida máxima...

-El Señor nos dé una muerte tan dichosa -repetía Carracha, sinceramente, pasándose la lengua por los labios y recordando el hartazgo que gozó en un rincón, mientras todo el mundo se ocupaba de Matías.

Al salir el médico rural, bien arropado en su capote porque diluviaba; al afianzarle el estribo para que montase en su jaco, la mujerona lloraba como una Magdalena. ¡Ay de Dios, que tenían en la casa la muerte! ¡De qué valía tanta medicina, cuatro pesos gastados en cosas de la botica! ¡Y a más el otro peso en una misa al glorioso San Mamed, a ver si hacía un milagriño!

El enfermo, cada día a peor, a peor... Se abría a vómitos. No guardaba en el cuerpo migaja que le diesen; era una compasión haber cocido para eso la sustancia, haber retorcido el pescuezo a la gallina negra, tan hermosa, ¡con una enjundia!, y haber comprado en Areal una libra entera de chocolate, ocho reales que embolsó el ladrón del Bonito, el del almacén... Ende sanando, bien empleado todo..., a vender la camisa!... pero si fallecía, si ya no tenía ánimo ni de abrir los ojos!... ¡Y era el hijo mayor, el que trabajaba el lugar! ¡Los otros, unos rapaces que cabían bajo una cesta! ¡El padre, en América, sin escribir nunca! ¡Qué iba a ser de todos! ¡A los caminos, a pedir limosna!

Secándose las lágrimas con el dorso de la negra y callosa mano, la mujerona entró, cerró la cancilla, no sin arrojar una mirada de odio al médico que, indiferente, se alejaba al trotecillo animado de su yegua. Estaban arrendados con él, según la costumbre aldeana, por un ferrado de trigo anual; no costaban nada sus visitas..., pero, ¡cata!, ellos se hermanan con el boticario, recetan y recetan, cobran la mitad, si cuadra..., ¡todo robar, todo quitarle su pobreza al pobre! Y allí, sobre la artesa mugrienta, otro papel, otra recitiña, que sabe Dios lo que importaría, además del viaje a Areal, rompiendo zapatos y mojándose hasta los huesos.

Lejos, en el fondo de la cocina, apenas alumbrada por una candileja de petróleo, se oía el fatigoso anhelar del enfermo y el hálito igual, dulce, de los tres niños echados en un mismo jergón de hojas de maíz. El fuego del lar aún ardía semiextinguido. Una sabandija corrió un instante por la pared y se ocultó en un resquicio, dejando la medrosa impresión de su culebreo fantástico, agigantado por la proyección de sombra. La vaca, en el establo, mugió insistente, llamando a su ternerillo; fuera aulló el perro. La mujerona, con movimiento de cólera, agarró la receta y la echó a las brasas, donde se consumió trabajosamente el recio papel...

Quejóse el enfermo, con aquel quejido suyo, desgarrador, de rabia y náusea, y la madre, acercándose al cajón de tablas pegado al muro -el lecho aldeano-, se inclinó sobre el mozo y susurró a su oído:

-Calla, mi yalma, que ende amaneciendo voy por el mediquín, y te lo traigo, y te cura.¡Como hay Dios que voy por él! ¡Ya no me pasa el médico esa puerta!

Era el supremo recurso, la postrera ilusión de todo labriego en aquella parroquia de Noan -el curandero, el médico libre, sin título, que ejercía secretamente, acertando más, ¡buena comparanza!, que los otros pillos-. El mediquín no recetaba. Llevaba consigo, en el profundo bolso, tres o cuatro frasquetes y papelitos doblados, unas gotas y unos polvos, y en el acto administraba lo preciso; no había que trotar hasta Areal, esperar los siete esperares en la botica y después largar pesos al boticario, que el diaño cargue con él. Una peseta o dos al mismo mediquín, y campantes; y el mozo, antes de una semana, sachando en la heredad.

Aún no blanqueaba el alba, anunciándola tan sólo vago reflejo cárdeno hacia el bosque, cuando salió la mujerona, arrebujada la cabeza en su mantelo de burel, haciendo saltar barro líquido ¡flac!, ¡flac! de los charcos, al hincar en ellos las enormes zuecas. Cuando volvió, acompañada del curandero, que renegaba del tiempo- ¡vaya una invernía, vaya un perro llover!- a la puerta de la choza la esperaba el mayor de los pequeños, Juaniño, asustado, descalzo, manoteando.

-¡Señora madre..., que Eugenio está al cabo! ¡Que ya no atiende cuando le gritan!

La mujerona y el curandero se precipitaron; el interior de la choza parecía tenebroso a quien venía del exterior, de la claridad que ya empezaba a derramar un mustio amanecer de noviembre, y el mediquín encendió cerillas, y a la intermitente luz examinó al moribundo. Un gemido horrible, lento, rumiando, por decirlo así, salió de la fétida cama.

-¡Ay Virgen de la Guía! ¡Ay San Mamed! -clamó la madre-. ¡Es el estortor! ¡Está gunizando!

-No, mujer, no; calle, no se desdiche, que va a descansar.

La voz del curandero fue como un conjuro. El gemido se atenuó. Por la única ventana de la choza entró un rayo dorado del sol naciente. Los tres chicuelos, asombrados y respetuosos, permanecían en pie, mal despiertos, enredados los rubios rizos, sofocados aún los carrillos, metido el índice en la boca. Esperaban el milagro que iba a realizarse, y sus almitas cándidas y nuevas se entreabrían para acoger el rocío de lo maravilloso. ¡Aquel señor regordecho, de gabán de paño azul y gorra de cuadros verdes, podía curar a Eugenio! ¿Cómo? ¿De qué manera? Por una virtud... Eso, por una virtud... El caso es que iba a curarle. Eugenio no gemiría más; no tendría aquellas ansias tan grandísimas; cerraría los ojos y dormiría como un santo bendito.

El curandero, entretanto, sacaba del bolso uno de sus frasquetes no rotulados, lo miraba un instante al trasluz, enderezaba el cuentagotas, pedía agua, que le traían en un cuenco de barro, dosificaba y, cuenco en mano, volvía a llegarse al lecho... Con un brazo pasado alrededor del cuello del moribundo, le hacía beber, beber... ¡Asombroso caso! El mozo bebía y guardaba lo bebido... Cruzó las manos la madre, deshaciéndose en bendiciones. El curandero dejó suavemente sobre la almohada de follato la cabeza de revueltas greñas, de cara demacrada, color de arcilla. Una imperceptible sonrisa, una ráfaga de paz, de bienestar, sosegaron un momento la dolorosa faz atormentada del enfermo.

-Te va bien, yalma? -preguntó, embelesada, la mujerona.

-Sí, señora...; muy bien... -respondió él, dulcemente.

Del pico de un pañuelo salieron tres pesetas, que el curandero, al retirarse, guardó en el ancho bolsón de su abrigo; el precio de la visita y de la pócima. Los pequeñuelos permanecían absortos. ¡Eugenio no se quejaba ya! ¡Le veían así... dormido, tan sereno... respirando maino, a modo del aire entre el trigal! ¡Como un santo, un santo bendito!

Ni se enteraron de que, hacia el mediodía, aquel ligero susurro cesó... La madre, al acercarse para administrarle otra dosis de la medicina milagrosa, tocó algo ya frío, rígido: un cuerpo inerte. Alzó estridente alarido. Se mesó las canas a puñados, se clavó las uñas en el pergamino del rostro... y Juaniño, consolándola, cogiéndose a su zagalejo remendado, repetía:

-No se apure, señora... Voy por el curandero... Calle, que se lo traigo ahora mismo...

María Vicenta, la costurera, alzó la cabeza, que tenía caída sobre el pecho, y momentáneamente llevó sus hinchados y extraviados ojos hacia la puerta de entrada. Se oía ruido. Era que traían la caja comprada en Areal, y Selme, el cantero, que se había encargado de la adquisición, la depositaba en el suelo, refunfuñando:

-Veintitrés reales... Ni una condenada perra menos... Es de las superiores, bien pintada...

En efecto, el cajón donde iban a guardar para siempre al niño de María Vicenta lucía simétricas listas azules sobre fondo blanco, e interiormente un forro chillón de percalina rosa. No se hacía en Areal nada más elegante. Con extrañeza notó Selme que la costurera no admiraba el pequeño féretro. Acababa de fijar ahincadamente la vista en el jergón donde reposaba el cuerpecito, amortajado con el traje de los días de fiesta y la marmota de lana blanca y moños de colores. Sobre la cara diminuta, pálida, se veían manchas amoratadas, señales de besos furiosos. Selme se creyó en el caso de repetir y ampliar su relación.

-Vengo cansado como un raposo. De Areal aquí hay la carreriña de un can. No me paré a resollar ni tan siquiera un menuto, porque te corría prisa la caja, mujer. Decíame Ramón el de la taberna: "Hombre, echa un vaso, que un vaso en un estante se echa". Pero ni eso, diaño. Ya sabrás que sólo me diste dazaocho reales. Cinco los puse yo de mi dinero...

Incorporóse María Vicenta, andando como una autómata; fue al cajón de su máquina de coser y, de entre carretes revueltos y retales de indiana arrugados, sacó un envoltorio de papel que contenía calderilla.

-Ahí tienes -dijo, de un modo inexpresivo, al cantero.

Selme desdobló el papel y contó escrupulosamente la suma. Sobraban unas perras; las devolvió, echándolas en el regazo de la costurera, que había vuelto a sentarse.

-Aún es de más, mujer... Apaña esos cuartos, que falta te harán... Y, ¡qué carala!, vuelve por ti, que ese no es modo ni manera. A mí se me llevó Dios a cuatro rapaces, y para esos menos tengo que trabajar. Anda, que moza eres, y cuando vuelva tu mozo de servir al rey y casedes, verás... ¡A fellas que los chiquillos nácente y médrante más pronto que los carballos!

-Selme -respondió la costurera, con la misma frialdad-, coge ahí de la lacena una botella que hay mediada y echarás un vaso.

No hubo que decirlo dos veces. Mientras Selme revolvía la alacena, fueron entrando comadres y mocitas aldeanas, porque ya sabían el regreso del cantero con el ataúd a cuestas, y les picaba curiosidad de ver la caja bonita, un objeto de lujo. La señora Antonia, la viuda, tenía a su cargo el pésame y la oratoria consoladora, por ser la más suelta de lengua y de mejor explicación entre todas las viejas de la parroquia de Boiro. ¡Como que hasta sabía improvisar coplas!

-María Vicentiña, prenda de mi corazón... -exclamó la comadre, abrazando a la costurera-. Echa cohetes, que hoy le envías a Nuestro Señor del Cielo divino un ánguele. Dios está alegre, Nuestra Señora está alegre, el bendito San Antón está que hasta pega gargalladas, y los demás anguelitos..., todo se les vuelve cantar como locos. Llega allá, a los cielos divinos, tu neno, y lo reciben con violines, panderetas, conchas, gaita... ¡A fellas que oigo la música! ¡Dichoso dél! ¡En una caja así, tan preciosa, nos hubiesen llevado a nosotras, enfelices, que nos hemos pasado la vida sudando para ganar el triste comer! A tu neno ahora le regala rosquillas la Virgen, y San Antón le está poniendo una ropa toda de oro, y de plata, y de perlas, con unos flecos colorados... ¡Mujer, boba, María Vicentiña, alévántate, quita esas manos de la cara, no seas desagradecida con el Señor, que tanto bien te hizo!

La costurera se levantó, extendiendo los brazos para rechazar a la consoladora. Involuntariamente la despidió contra la pared. Silenciosa, avanzó hacia el jergón donde yacía el cuerpo, pero lo rodeaban las mocitas, admirando la gorra de moños y el traje con tiras bordadas. ¡Cuánta majeza! Por algo María Vicenta tenía aquella habilidad y aquellos dedos primorosos...

-¡Apartad, apartad! -mandó la madre, sin esforzar la voz; y las rapazas se desviaron, estremecidas sin saber por qué...

María Vicenta se echó al suelo, pegó el rostro al de su hijo y así permaneció un rato largo, sin llorar, sin moverse, cual si se hubiese dormido. Por fin, la llamaron, la sacudieron, gritaron a su alrededor:

-¡Los señores amos! ¡María Vicenta! ¡Érguete! ¡Están ahí los señores amos!

Rígida, muda, se levantó la costurera, mostrando respeto. Eran, en efecto, los señores, los propietarios de su humilde casa, los que le daban costura, la enseñaban a trabajar, la protegían bondadosamente. Eran los amos de la aldea, los dueños de la quinta; un caballero de barba gris, una dama cuarentona, muy retocada, de traje de percal incrustado de entredoses, sombrero y sombrilla de encaje negro. La pareja se aproximó a María Vicenta y la interpeló con dulzura:

-¡Sea todo por Dios! ¡Al fin se te murió la criaturita!... -dijo la dama-. En cuanto supe yo que tenía convulsiones, ¡cosa perdida! Así se nos quedó muerto un sobrinito monísimo, que era mi encanto... Tranquilízate tú ahora, María Vicenta, que, como estabas criando, puede arrebatársete la leche a la cabeza, y eso es muy serio. ¿Por qué no te vienes allá así que... en cuanto... "no tengas nada que hacer aquí?" Te pondremos la cama en el cuarto que cae a la carretera... Te distraerás con los compañeros en la cocina...

No hubo respuesta. La costurera, inmóvil, quizá ni escuchaba el murmullo sedoso y blando de las consoladoras frases. La señora, entonces, la cogió suavemente por un brazo, la arrinconó y le secreteó algo más personal y directo.

-Es preciso ser razonable, María Vicenta. Ya sabes que te hemos amparado en tu... "desgracia". Nada te ha faltado, ¿verdad? Ni asistencia, ni caldo, ni ropita para el nene... Ya ves, podríamos ser como otros, que en casos así despiden a las muchachas... Hasta el día antes de tu apuro, has cosido en casa, has tenido buena comida, que en tu estado... Después, lo mismo. Te llevaban el chico, le dabas de mamar; nadie te ha dicho una palabra desagradable. ¿Es cierto? Pues, hija, cuando Dios dispone lo que dispone..., por algo será. ¿No se te ha ocurrido que puede ser un castigo de..., de tu... ligereza? Recíbelo así; a título de castigo. Ten paciencia. A serenarse, y a vivir mejor desde ahora. ¿Eh? Aunque vuelva... ese, tu amigo de antes..., como si no existiera. Y si te persigue, le respondes: "No me propongas picardías... Soy la madre de un ángel". ¡Si hoy debías estar más contenta! ¡Debías reír! Conque ¿te vienes allá? Sin coser, por supuesto, en unos días... A distraerte...

La madre del ángel hizo con la cabeza signos negativos y trató de volverse hacia la pared. Las mocitas habían aprovechado la ocasión para meter el cuerpo en la caja. Selme la cerró y la tomó a cuestas; ya pesaba doble, pero a bien que hasta el camposanto el viaje era corto. Formadas en fila, las mujeres siguieron al cantero, y apenas fuera de la casa, alzaron las voces, el griterío obligado en todo entierro de aldea, lúgubre cuando acompañan a un adulto, regocijado cuando se trata de un niño. Aquellos clamores despertaron a María Vicenta...

Pegó un salto de fiera y se abalanzó al jergón. No quedaba en él sino la depresión leve marcando el sitio del cuerpo. Un alarido ronco, profundo, como de animal herido, salió de la garganta de María Vicenta, al desplomarse al suelo con el ataque de nervios. Se retorcía, se golpeaba, rugía... y también se reía, sí. Cumplía la consigna de reírse, con risa violenta, inextinguible, terminada, a cada acceso, en sollozos. El caballero y la dama se miraron, apurados, confusos. ¡Qué terquedad! ¿Pues no habían hecho todo lo posible para consolarla?

Siempre que salían los esposos en su cesta, tirada por jacas del país, a entretener un poco las largas tardes de primavera en el campo, encontraban, junto al mismo matorral formado por una maraña de saúcos en flor, a la misma mujer de ridículo aspecto. Era un accidente del camino, cepo o piedra, el hito que señala una demarcación, o el crucero cubierto de líquenes y menudas parasitarias. Manolo sonreía y pegaba suave codazo a Fanny.

-Ya pareció tu Leliña... ¡Qué fea, qué avechucho! En este momento, el sol la hiere de frente... Fíjate.

La mayordoma les había referido la historia de aquella mujer. ¿La historia? En realidad, no cabe tener menos historia que Leliña. Sin familia, como los hongos, dormía en cobertizos y pajares -¡a veces en los cubiles y cuadras del ganado!- y comía..., si le daban "un bien de caridad".

Sin embargo, no mendigaba. Para mendigar se requiere conciencia de la necesidad, nociones de previsión, maña o arte en pedir..., y Leliña ni sospechaba todo eso. ¿Cómo había de sospecharlo, si era idiota desde el nacer, tonta, boba, lela, "leliña"? ¡Ella pedir!

Un can pide meneando la cola; un pájaro ronda las migajas a saltitos... Leliña ni aun eso; como no le pusiesen delante la escudilla de bazofia, allí se moriría de hambre.

Inútil socorrerla con dinero; a la manera que su abierta boca de imbécil dejaba fluir la saliva por los dos cantos, de sus manazas gordas, color de ocre, se escapaban las monedas, yendo a rodar al polvo, a perderse entre la espesa hierba trigal. Manolo y Fanny lo sabían, porque, al principio, acostumbraban lanzar al regazo de la tonta pesetas relucientes... Ahora preferían atenderla de otro modo: con ropa y alimento. El pañuelo de percal amarillo, el pañolón anaranjado de lana, el zagalejo azul de Leliña, se lo habían regalado los esposos. ¡Cosa curiosa! Leliña, indiferente a la comida, gruñó de satisfacción viéndose trajeada de nuevo. Una sonrisa iluminó su faz inexpresiva, al ponerse, en vez de sus andrajos, las prendas de esos matices vivos, chillones, por los cuales se pirran las aldeanas de las Mariñas de Betanzos, el más pintoresco rincón del mundo...

-¡Hembra al fin!... -fue el comentario de Manolo.

-¡Pobrecilla! -exclamó Fanny-. ¡Me alegro de que le gusten sus galas!...

Fanny ansiaba hacer algo bueno; tenía el alma impregnada de una compasión morbosa, originada por la íntima tristeza de su esterilidad. Diez años de matrimonio sin sucesión, el dictamen pesimista de los ginecólogos más afamados de Madrid y París, pesaban sobre sus tenaces ilusiones maternales. "Ensayen ustedes una vida muy higiénica, aire libre, comida sana...", les ordenó, por ordenarles algo, el último doctor a quien acudieron en consulta. Y se agarraron al clavo ardiendo de la rusticación, método que si no les traía el heredero suspirado, al menos debía proporcionarles calma y paz. Pero en medio de la naturaleza remozada, germinadora, florida, despierta ya bajo las caricias solares, la nostalgia de los esposos revistió caracteres agudos; se convirtió en honda pena. Fanny no contenía las lágrimas cuando encontraba a una criatura. ¡Y en la aldea mariñana cuidado si pululaban los chiquillos! A la puerta de las casucas, remangada la camisa sobre el barrigón, revolcándose entre el estiércol del curro, llevando a pastar la vaca, tirando peladillas a los cerezos o agarrándose al juego trasero del coche y voceando: "¡Tralla atrás...!"; en el atrio de la iglesia, a la salida de misa, con un dedo en la boca, en la romería comiendo galletas duras, en la playa del vecino pueblecito de Areal escarabajeando al través de las redes tendidas a manera de cangrejillos vivaces... no se hallaba otra cosa: cabezas rubias, ensortijadas, que serían ideales si conociesen el peine; cabezas pelinegras, carnes sucias y rosadas, chiquillería, chiquillería.

-Los pobres, señorita, cargamos de hijos... Es como la sardina, que cuanta más apañamos, más cría el mar de Nuestro Señor... -decía a Fanny una pescadora de Areal, la Camarona, madre de ocho rapaces, ocho manzanas por lo frescos...

La dama torcía el rostro para ocultar al esposo la humedad que vidriaba sus pupilas, y allá dentro, dentro del corazón, elevaba al cielo una oferta. Quería realizar algo que fuese agradable al poder que reparte niños, que fertiliza o seca las entrañas de las mujeres. No permitiría ella aquel invierno que la idiota, la mísera Leliña, tiritase en la cuneta encharcada y helada; apenas soplase una ráfaga de cierzo, recogería a la inocente, dándole sustento y abrigo, y la Providencia, en premio, cuajaría en carne y sangre su honesto amor conyugal... Por eso -al divisar a Leliña cuando cruzaban al pie del enredijo de saúcos en flor-, Manolo, confidencialmente, empujaba el codo de Fanny, y una esperanza loca, mística, ensoñadora, animaba un instante a los dos esposos. La idiota no les hacía caso. Ellos, en cambio, la contemplaban, se volvían para mirarla otra vez desde la revuelta. Les pertenecía; por aquel hilo tirarían de la misericordia de Dios.

Fue Manolo el primero que advirtió que los cocheros se reían y se hacían un guiño al pasar ante la idiota, y les reprendió, con enojo:

-¿Qué es eso? ¡Bonita diversión, mofarse de una pobre! ¡Cuidadito! ¡No lo toleraré!

-Señorito... -barbotó el cochero, que era antiguo en la casa y tenía fueros de confianza-. Si es que... ¿No sabe el señorito?... -y puso las jacas al paso, casi las paró.

-¿Qué tengo de saber? Porque sea lela esa desdichada, no debéis vosotros...

-Pero, señorito... ¡si es que ya corre por toda la aldea!...

-¿Qué diantres es lo que corre?

-Que, perdone la señorita, Leliña está...

Un ademán completó la frase; Fanny y Manolo se quedaron fríos, paralizados, igual que si hubiesen sufrido inmensa decepción. La señora, después de palidecer de sorpresa, sintió que la vergüenza de la idiota le encendía las mejillas a ella, que había proyectado redimirla y salvarla. Bajó la frente, cruzó las manos, hizo un gesto de amargura.

-Eso debe de ser mentira -exclamaba Manolo, furioso-. ¡Si no se comprende! ¡Si no cabe en cabeza humana!... ¡La idiota! ¡La lela! Digo que no y que no...

Marido y mujer, entre el ruido de las ruedas y el tilinteo de los cascabeles de las jacas, que volvían a trotar, examinaron probabilidades, dieron vueltas al extraño caso... ¡Vamos, Leliña ni aun tenía figura humana! ¿Y su edad? ¿Qué años habían pasado sobre su testa greñosa, vacía, sin luz ni pensamiento? ¿Treinta? ¿Cincuenta? Su cara era una pella de barro; su cuerpo, un saco; sus piernas, dos troncos de pino, negruzcos, con resquebrajaduras... ¡Leliña!... ¡Qué asco! Y al volver de paseo, envueltos ya en la dulce luz crepuscular de una tarde radiosa, viendo a derecha e izquierda cubiertos de vegetación y florecillas los linderos, respirando el olor fecundo, penetrante, que derraman los blancos ramilletes del vieiteiro, y a Leliña ni triste ni alegre, indiferente, inmóvil en su sitio acostumbrado, Manolo murmuró, con mezcla indefinible de ironía y cólera:

-¡Como la tierra!...

Fanny, súbitamente deprimida, llena de melancolía, repitió:

-¡Como la tierra!...

No hablaron más del proyecto de recoger a la idiota. Ya era distinto... ¿Quién pensaba en eso? Preguntaron a derecha e izquierda, poseídos de curiosidad malsana, sin lograr satisfacerla. ¿El culpable del desaguisado? ¡Asús, asús! Nadie lo sabía, y Leliña de seguro era quien menos. No sería hombre de la parroquia, no sería cristiano; algún licenciado de presidio que va de paso, algún húngaro de esos que vienen remendando calderos y sartenes... ¡Qué pecado tan grande! ¡Hacer burla de la inocente! El que fuese, ¡asús!, había ganado el infierno...

El verano transcurrió lento, aburrido; comenzaron a rojear las hojas, y Fanny y Manolo, al acercarse a los saúcos, donde ahora el fruto, los granitos, verdosos, se oscurecían con la madurez, volvían el rostro por no mirar a Leliña.

De reojo la adivinaban, quieta, en su lugar. Un día, Fanny, girando el cuerpo de repente, apretó el brazo de su marido, emocionada.

-¡Leliña no está! ¡No está, Manolo!

Cruzaron una ojeada, entendiéndose. No añadieron palabra y permanecieron silenciosos todo el tiempo que el paseo duró. Durmieron con agitado sueño. Tampoco estaba Leliña a la tarde siguiente. Más de ocho días tardó la idiota en reaparecer. Antes aún de llegar al grupo de saúcos, Fanny se estremeció.

-Tiene el niño -murmuró, oprimida por una aflicción aguda, violenta.

-Sí que lo tiene... -balbució Manolo-. Y le da el pecho. ¿No es increíble?

Abierto el ya haraposo pañolón de lana, recostada sobre el ribazo, colgantes los descalzos pies deformes, la idiota amamantaba a su hijo, agasajándole con la falda del zagalejo, sin cuidarse de la humedad que le entumecía los muslos.

-¡Si hoy parece una mujer como las demás! -observó Manolo, admirando.

Fanny no contestó; de pronto sacó el pañuelo y ahogó con él sollozos histéricos, entrecortados, que acabaron en estremecedora risa.

-Calla..., calla... Déjame... No me consueles... ¡No hay consuelo para mí! Ella con su niño... ¡Yo, nunca, nunca! -repetía, mordiendo el pañuelo, desgarrándolo con los dientes, a carcajadas.

El esposo se alzó en el asiento, y gritó:

-Den la vuelta... A casa, a escape... ¡Se ha puesto enferma la señora!

A la feria caminaban los dos: él, llevando de la cuerda a la pareja de bueyes rojos; ella, guiando con una varita de vimio, larga y flexible, a cinco rosados lechones. No se conocían: viéronse por primera vez cuando, al detenerse él a resollar y echar una copa en la taberna de la cima de la cuesta, ella le alcanzó y se paró a mirarle.

Y si decimos la verdad pura, a quien la zagala miraba no era al zagal, sino al ganado. ¡Vaya un par de bueyes, San Antón los bendiga! A la claridad del sol, que comenzaba a subir por los cielos, el pelaje rubio de los pacíficos animales relucía como el cobre bruñido de la calderilla nueva; de tan gordos, reventaban y el sudor les humedecía el anca robusta. Fatigados por las acometidas de alguna madrugadora mosca, se azotaban los flancos, lentamente, con la cola poblada. La zagala, en un arranque de simpatía, abandonó a sus gorrinos, se llegó a uno de los castaños que sombreaban la carretera, sacó del seno la navajilla y cortó una rama, con la cual azotó los morros de los bueyes mosqueados. El zagal, entre tanto, corría tras un lechón que acababa de huir, asustado por los ladridos del mastín de la taberna.

-¿D'ónde eres? -preguntó él, así que logró antecoger al marranito.

Antes que el nombre, en la aldea se inquiere la parroquia; luego, los padres.

-De Santa Gueda de Marbían. ¿Y tú?

-De Las Morlas.

-¿Cara a Areal?

-Sí, mujer. Soy el hijo del tío Santiago, el cohetero.

-Yo soy nieta de la tía Margarida de Leite.

-¡Por muchos años! -exclamó el zagal, lleno de cortesía rústica.

-¿Cómo te llamas, rapaza?

-Margaridiña.

-Yo, Esteban. Vas a la feria, mujer? -añadió, aunque comprendía que la pregunta estaba de más.

-Por sabido. A vender esta pobreza. Tú sí que llevas cosa guapa, rapaz. ¡Dos bueis! Dios los libre de la mala envidia, amén.

El zagal, lisonjeado, acarició el testuz de los animales, murmurando enfáticamente:

-Mil y trescientas pesetas han de arrear por ellos los del barco inglés, y si no... pie ante pie tornan a casa. ¡Los bueyes del cohetero de Las Morlas!... ¡No se pasean otros mejores mozos por toda la Mariña!

-Mira no te den un susto en el camino cuando tornes con el dinero -indicó, solícita, Margarida-. Hay hombres muy pillos. Andan voces de una gavilla. Yo tornaré temprano, antes que se meta la noche. ¡La Virgen nos valga!

Esteban contempló un instante a la miedosa. Era una rapaza fornida, morena, como el pan de centeno; entre el tono melado de la tez resplandecían los dientes, semejantes a las blancas guijas pulidas y cristalinas que el mar arroja a la playa; los ojos, negros y dulces, maliciosos, reían siempre.

-Ende tornando yo contigo, asosiégate -exclamó Esteban, fanfarroneando-. Tengo mi buena navaja y mi buen revólver de seis tiros. Vengan dos, vengan cuatro ladrones, vengan, aunque sea un ciento. ¡Soy hombre para ellos! ¡Conmigo no pueden!

A su vez, la mocita miró al paladín. Esteban tenía el sombrero echado atrás, las manos, a lo jaque, en la faja, y un pitillo, acabado de encender, caído desgarbadamente sobre la comisura de los labios, bermejos como guindas. Su rostro fino, adamado, sin pelo de barba, contrastaba con sus alardes de valentón. La zagala acentuó la alegría de sus ojos; el zagal se puso colorado, y para disimular la timidez, dio al cigarro una feroz chupada.

Después se encogió de hombros. ¿Qué hacían parados allí? Cruzaba mucha gente en dirección a la feria. Las mejores ventas se realizan temprano... ¡Hala! Y ella antecogió sus marranos, y él atirantó la cuerda y dio aguijada a sus bueyes. Ya no pensó ninguno de los dos en bobería ninguna, sino en su mercado, en su negocio. ¡Hala, hala!

Al revolver de la carretera, festoneada de olmos, descubrieron el pueblecito, tendido al borde del río -pintoresco, bañado de luz, con sus tres torres de iglesia descollando sobre el caserío arcaico, irregular-. Ningún efecto les hizo la hermosa vista. Se apresuraron, porque ya debía de estar animándose la feria. Margarida pasaba las del Purgatorio cuidando de que no se perdiesen, entre el gentío, los cinco diminutos fetiches, adorables con sus sedas blancas nacientes sobre la tersa piel color rosa. Acabó por coger a dos bajo el brazo, sin atender a sus gruñidos rabiosos, cómicos, y ya solo por tres tuvo que velar, que era bastante. Esteban, columbrando entre un grupo de labriegos y un remolino de ganado las patillas de cerro del tratante inglés, se apresuró a acercarse con su magnífica pareja de cebones para empatársela a los otros vendedores. Así se apartaron, sin ceremonias, el zagal y la zagala. Sacó él sus mil y trescientas y cuarenta pesetas y las ocultó en la faja; guardó ella entre la camisa de estopa y el ajustador de caña unos duros, producto de la venta de los lechones; fue él convidado al figón por el inglesote de azules ojos y patillas casi blancas; devoró ella, sentada en el parapeto del puente, dos manzanas verdes y un zoquete de pantrigo añejo, y a cosa de las tres y media de la tarde -cuando el sol empezaba a declinar en aquella estación de otoño-, volvieron a encontrarse en el camino, y sin decirse oste ni moste, acompasaron el paso, deseosos de regresar juntos. Margarida tenía miedo a la noche, a los borrachos que vuelven rifando y metiéndose con quien no se mete con ellos; Esteban, sin saber por qué, iba más a gusto en compañía, ahora que no necesitaba aguijar ni tirar de la cuerda. El diálogo, al fin, brotó en lacónicos chispazos.

-¿Vendiste? -dijo la moza.

-Vendí.

-¿Pagáronte a gusto?

-Pagáronme lo que pedí, alabado Dios.

-¡Qué mano de cuartos, mi madre! ¿Y los bueis? ¿Van para el barco? -Para se los comer allá en Inglaterra... ¡Bien mantenidos estarán los ingleses con esa carne rica! ¡Qué gordura, qué lomos!

-Callaron. Anochecía. Se escuchó detrás un silbido, pisadas fuertes, y la zagala, alarmada, se arrimó al zagal. La alarma pasó pronto: eran dos chicuelos que zuequeaban y soltaban palabrotas. Esteban rodeó los hombros de Margarida con su brazo derecho, para protegerla, y siguieron andando así, sin romper el silencio. La carretera serpenteaba por la vertiente de un montecillo cubierto de pinos; a la izquierda, los esteros y los juncales inundados brillaban, reflejando en rotos trazos la faz de la luna; el camino, lejos de ser fatigoso, como a la ida, descendía suavemente. Corría un fresco de gloria, un airecillo suave, más de primavera que de otoño; y el zagal y la zagala sentían algo muy hondo, que eran absolutamente incapaces de formular con palabras. Lo único que Esteban acertó a decir fue:

-¡Qué a gusto se va cuesta abajo, Margaridiña!

-Se anda solo el camino, Esteban -respondió ella, quedito.

-¡Todos los santos ayudan! -insistió él.

-Los pies llevan de suyo -confirmó ella.

Y siguieron dejándose ir, cuesta abajo, cuesta abajo, alumbrados por la luna, que ya no se copiaba en los esteros, sino en la sábana gris de la ría.

-¡A echar el mantel bueno! -ordenó el mesonero de Cebre a la moza entrada a su servicio la víspera-. Nos están ahí los señoritos de Ramidor, y han de querer almorzar de lo mejorcito. Largay al puchero chorizos gordos... ¡Menéate!

Llegaban, en efecto, los señoritos, levantando polvareda, al trote picado de sus caballejos del país, y precedidos de alegre repiqueteo de cascabeles y ladridos atronadores de perros de caza. En el mesón estaban hartos de conocer a don Camilo, el mayorazgo; al segundón, don Juanito; pero les sorprendió y llenó de curiosidad la presencia de un caballero guapo, con ropa lucida, polainas de cuero crujiente y cinturón-canana avellano, flamante, sin la capa de mugre negruzca que cubría los arreos cinegéticos de los señoritos de Ramidor. Tiempo le faltó a la mesonera para interrogar a Diaño -el criado que porteaba un saco de perdices muertas a perdigonadas-. Y Diaño dijo que el forastero era un señorito de Madrid que estaba pasando temporada con don Camilo; que se llamaba don Mariano, y que era -no despreciando a nadie- muy llano y muy habladero; que daba conversa a todo el mundo, y a las rapazas -¡San Cebrián bendito!- las repicaba como si fueran panderetas...

-Sobre la mesa, tendido ya el mantel blanquísimo, disponía la moza pan de mollete, platos vidriados, tenedores de peltre y jarrillas para el vino picón, prescindiendo de vasos para el agua, porque no suelen gastarla los cazadores.

-Estos, aureolados ya por el humo de sus cigarros, sentados a horcajadas, se fijaron en la muchacha que ponía el cubierto. Era una niña casi, vestida de luto pobre, dividido en dos trenzas el hermoso pelo rubio; finita de facciones y con boca de capullo de rosa, menuda y turgente, hinchada de vida. Juanito Ramidor, el más joven de los cazadores, extendió la mano y ciñó el talle estrecho de la sirviente. Ella saltó hacia atrás, y hasta la frente se le puso bermeja.

-¡No molestes! -exclamó el forastero, interviniendo-. ¡Es una criatura! Déjala en paz. ¿Cómo te llamas, hija mía? Contesta, que yo he de tratarte con el mayor respeto.

-Dalinda me llamo, señor -murmuró ella, con el acento cantarín de la comarca, fijando en don Mariano la mirada agradecida de sus ojos azules.

-¡Bonito nombre! ¿Hace mucho que estás en el mesón? Y la voz de Mariano indicaba interés.

-Entré ayer, señor; porque soy huérfana de padre y madre, y ahora se me murió mi tío, el señor cura de Doas, que si viviera él, no sirviera yo más que a Dios -respondió la niña, con lágrimas en el acento, pero las lágrimas no brotaron.

-Pues sírvenos bien, Dalinda, y toma esto para comprarte un pañuelito de seda, que tienes un pelo precioso.

Don Mariano intentó deslizar un duro en la mano de la muchacha, que lo rechazó suave y porfiadamente.

-Se estima... Al señorito se le sirve de gana, sin necesidad de eso.

Como lo dijo, lo hizo Dalinda. Activa y gentilmente presentó los manjares, que eran sabrosos y toscos, adecuados al apetito recio de los cazadores: pote con rabo, olla con jamón y chorizo, y tragos, tragos, tragos de clarete color de vinagre, que la tierra da copiosamente. Las cabezas se calentaban; don Juanito y don Camilo, guiñando el ojo, bromeaban con don Mariano, a medias palabras, convertidas en desvergüenzas enteras cuando la sirvienta salía para traer algo que hiciese falta.

-Eres un hipócrita, un farandulón -decía Camilo-. El que no te conozca, que te compre.

-¿De cuándo acá -confirmaba Juanito- te dedicas tú a proteger la inocencia de estos arcángeles? A fe que la cosa es chusca. Tú, hombre, tú... Si uno no se hubiese criado contigo, como quien dice, cuando estudiábamos juntos en Santiago..., nos la pegas; vaya, que nos la pegas.

-¡Chist! -exclamaba Mariano, viendo venir a Dalinda, que alzaba, con gracioso movimiento, la fuente de arroz con riles y la depositaba en la mesa.

Y así que la niña salía en busca de otro plato, el forastero murmuraba, atusándose el negro bigote:

-Qué queréis, yo sé refinar. Vosotros tenéis el gusto acostumbrado a estos guisos de figón, muy sanos, aunque grasientos... Coméis a bocados, andáis después ocho leguas a caballo o tres a pie..., dormís como canónigos... Encontráis una muchacha, y con tal que podáis estrujarla y ella no chille, tan contentos. Que ella sea así o de otro modo... no os importa. Os basta un cacho de carne con ojos.

-Di claro que somos unos brutos... -refunfuñó Juanito Ramidor, algo picado; y callóse, porque Dalinda entraba, portadora de un bacalao oloroso y humeante.

-Si lo vuestro es brutalidad, yo la envidio -confesó Mariano-, porque revela salud y normalidad. Yo necesito otros estimulantes... Me ha caído en gracia esa niña de las trenzas de oro, porque me parece una figura de retablo... ¡La sobrina de un cura! Una azucena mística, intacta... O pierdo el nombre que tengo, o me la llevo del mesón, a pasar en Madrid una temporadita; y ha de ir contenta, o, mejor dicho, loca... ¡Si sois buenos amigos, ayudadme!

-Por nosotros que no quede -contestaron riendo los señoritos-. Hacia esta parte vendremos a cazar, aunque se acaben las perdices en tres leguas a la redonda.

-Y vosotros la acosáis un poco, no mucho, ¿eh?, y yo soy un paladín; a mí me cree otro santo como ella.

Cuando Dalinda volvió presentando una olla de castañas cocidas echando vaho caliente, tapada con un trapo, y recendiendo a anís, aún celebraban estrepitosamente la ocurrencia los tres comensales. Y al despedirse, pagado el escote al mesonero, Mariano llamó aparte a la niña y le dijo, en tono sencillo y confidencial:

-Ya que no quieres dinero, acepta éste dije en recuerdo mío...

El dije era un capricho de oro y turquesas, de esos que se cuelgan en la cadena del reloj, y se lo había regalado a Mariano, una novia, una señorita con la cual estuvo a pique de casarse. Dalinda, con movimiento infantil, casto y apasionado, besó la joyuela al recibirla...

Cumpliendo lo pactado, los señoritos de Ramidor y su huésped llevaron sus cacerías por la parte de Cedre, y Mariano tuvo frecuente ocasión de ver y hablar a la sobrinita del cura. Transcurrido algún tiempo, por las bardas de la corraliza, no muy bajas, tenían sus paliques el forastero y la niña.

-¿Qué tal? ¿Te la llevas? -solían preguntar Juanito y Camilo, ya un poco burlonamente.

-Paciencia; todo se andará -contestaba, algo mohíno e impaciente, el galán cortesano-. Es que estas chiquillas educadas a la mística... Lo que os digo es que mujer más apasionada, y al mismo tiempo más... más... más difícil, ¿entendéis?, no la he encontrado en toda mi larga carrera...

De esta franca confesión tomaron pie los amigos para torearle, primero solapadamente, después a descubierto, con la clásica pesadez rural en las bromas. Los dichos, al pronto picantes, se convirtieron en mortificadores. Los dos gallos de villorrio se reían del intruso y frustrado gallo forastero, al cual sentían despechado, bajo la capa de una ironía desdeñosa. ¿Fue este despecho, o estímulos de otra naturaleza, lo que precipitó a Mariano? Cierta mañana anunció a sus amigos que aquella noche no volvería a Ramidor. Se proponía pasarla en el mesón, y no en el cuarto que le diesen, sino en otro del piso segundo, "¿no sabéis? Aquel que tiene, en la solera del balcón sin balaustre, un tiesto de claveles reventones..." ¡El aposento de Dalinda! Si querían cerciorarse, que rondasen a medianoche; él entreabriría un momento la ventana, y le verían...

Y, en efecto, poco después de sonar en el reloj del Ayuntamiento doce tristes campanadas, Camilo y Juanito Ramidor se internaron en la solitaria calleja que cae al costado del mesón. Al pasar ante la tapia de la corraliza habían visto la puerta abierta y se dieron al codo. Apenas avanzaron dos pasos por la calleja, tropezaron con un bulto que yacía en el fangoso suelo; y una mujer que venía de la corraliza, desmelenada, retorciéndose las manos, los arrolló.

-¡Ay Dios! ¡Virgen mía! gritaba la mujer.

-¡Ay pobriño del alma! ¡Socórranme, ayúdenme a levantarle de ahí! ¡Ay, no permita el Señor que esté muerto!

-Pero ¿cómo ha sido? -preguntó Camilo a Dalinda.

-¡Yo misma le tiré por el balcón abajo! -respondió ella, sollozante.

-¿Sabes lo que hiciste? -gritaron, amenazadores, los dos hidalgos.

-¡Hice bien! -exclamó la niña, enderezándose y relampagueando indignación-. ¡Vuelvo a hacerlo ahora mismo! -y rompiendo en convulsivo lloro, se arrodilló en el barro de la sucia calleja-. ¡Ay Virgen mía! ¡Sangra! ¡Sangra! ¡Está sin conocimiento! -y sus brazos rodeaban el cuerpo inerte, su cara bañaba en lágrimas la del señorito...

Mariano tenía rota una pierna por el muslo, herido el cráneo por el tiesto de claveles, que cayó con él, y dislocada una muñeca.

La asistencia fue larga y penosa; se temió la amputación; al fin sanó, quedando cojo. Dalinda no se apartó de su cabecera hasta verle repuesto; y entonces, a sus ofrecimientos, respondió pidiendo una corta suma: el dote para entrar en un convento de Clarisas.

Acabo de verla, tan borrosa, tan chiquita, en la encrucijada, y por uno de esos fenómenos reflejos de la sensibilidad que difícilmente podrían explicarse, y que son una de las miserias de nuestro ser, su vista me apretó el corazón. Y, sin embargo, la persona cuya muerte conmemora esa cruz de palo pintado érame tan indiferente como la hojarasca que el último otoño arrancó del castañar, y que hoy se descompone en la superficie de la tierra labradía.

Era una mendiga, la mendiga de la encrucijada, que formaba parte del paisaje, por decirlo así. Sentada a la orilla del camino, con los pies descansando en la cuneta, el cuerpo recostado en el cómaro mullido de madraselva y zarzarrosa, allí estaba en todas las estaciones y con todas las temperaturas. Que el sol tostase, que bufase el vendaval, que la lluvia encharcase los baches de la carretera, la mendiga inmóvil, sin más protección contra la intemperie que uno de esos enormes paraguas escarlata, de algodón, con puño de latón dorado, que en el país suelen llamarse de familia.

Raro es el mendigo que no tiene instintos de vagabundo. Moverse, trasladarse, es género de libertad, y los pobres estiman mucho el sumo bien de ser libres. Hasta los semihombres que carecen de piernas lagartean velozmente sobre las manos; hasta los paralíticos, en un carro, se hacen zarandear. Una inquietud, un gigantesco espíritu aventurero suele hurgar y escarabajear a los mendigos. La de la encrucijada, por el contrario, pertenecía al número de los que se pegan, como el liquen, a las piedras, o como el insecto al rincón sombrío donde no le persigue nadie. Dos razones podrían explicar su carácter estadizo: tenía más de ochenta años y no tenía ojos.

Digo que no tenía ojos -y no a secas que era ciega-, porque en el sitio donde los ojos se abrirían allá en las olvidadas juventudes, sólo se veían dos encarnizados huecos. ¿Qué tragedia o qué horrible padecimiento recordaban aquellas cuencas vacías, que el cristalino globo anima aún apagado? Jamás se lo preguntamos, ni probablemente nadie lo quiso saber. No agradaba mirar de cerca los agujeros rojos que el pañuelo de algodón cubría, disimulando también en lo posible el resto de la cara; plegada por mil arrugas y bajo cuyo pergamino, endurecido, recurtido por las influencias del aire libre, se adivinaba exactamente la forma de la calavera. Las manos, siempre extendidas, eran un haz de sarmientos, y negruzcas, temblonas, ya no aferraban el paraguas; éste se sostenía por medio de uno de estos puerilmente ingeniosos aparatos que sólo la pobreza discurre, y que hacen sonreír como las invenciones de los salvajes... El cuerpo carecía de forma; ¿quién adivina lo que envolvían tres o cuatro refajones de bayeta, una compacta trapería de colores muertos, secos, que, en agosto, igual que en enero, cubrían a la mendiga de la encrucijada?

Pasábase las horas silenciosas, aguzando el oído, que a larga distancia percibía los cascabeles de los coches y el trote de los caballos. Se necesitaba gran destreza para arrojarle una moneda que recibiese, y lo más acertado era tomar la resolución de apearse y colocársela en la mano. Si la moneda caía entre el polvo o en las zarzas, perdida para la mendiga infaliblemente. La aprovecharían los golfitos de aldea, que siempre están traveseando en la carretera, a fin de agarrarse a la zaga de los carruajes y disfrutar del inefable placer de ir quince minutos en la posición más violenta, para que los cocheros los apeen de un trallazo. Estos gorriones solían comerse el grano de trigo ofrecido a la mendiga, a no ser que, viéndolos sus madres, les gritasen indignadas, prontas al estregón de orejas:

-¡Teney vergüenza! ¡Soltay los cuartos! ¡Eso es de la mal pecada!

La mal pecada, por su parte, no reclamaba nunca. Al percibir que le echaban limosna, que la recogiese o no en el hueco de su regazo, daba las gracias lo mismo, con interminable retahíla de bendiciones y plegarias en que salían a relucir Nuestra Señora, los angelitos del cielo, el bienaventurado Santiago Apóstol, el Santísimo Sacramento del altar, las nobles almas que se compadecen de los desdichados, los caballeros generosos, toda la retórica de la pordiosería aldeana. Yo no sé por qué esta retórica, en la desdentada boca oscura, sonaba con sinceridad humilde, y la indiferencia ante la moneda, olvidada muchas veces entre el polvo del camino, daba mayor fuerza a la presunción de que la mendiga era verdaderamente una pobre de Cristo..., un ser que cree con toda su alma que el que pasa y le arroja una mísera suma es alguien que realiza nada menos que una obra de caridad...

La hubiésemos sorprendido mucho; hubiésemos escandalizado su espíritu, su manso espíritu de vejezuela desvalida, si le dijésemos: "¡No somos caritativos; somos egoístas feroces! ¡Porque tú pides y porque te damos una mezquindad, ya creemos sancionado el hecho, que debiera ser inaudito, de que una mujer ciega, de más de ochenta años, esté como tú estás abandonada, desechada en la cuneta del camino, sin lazarillo, sin un perro siquiera! ¡Ya creemos legítimos pasar con tilinteo de cascabeles, con golpeteo de cascos de caballos, entre remolinos de polvo, y dejarte ahí, lo mismo que si fueses un enmohecido pedrusco, sin saber adónde te recogerás cuando salga la luna, qué reparo aguarda tu débil estómago aterido de frío, qué manta cubrirá tus áridos huesos! ¡Y todavía nos lanzas bendiciones y te deshaces en manifestaciones de gratitud! ¡Todavía tu acento, que parece balido de oveja, nos sigue y nos acompaña y resuena hasta que transponemos los vetustos castaños, los que acaso te vieron bailar, mocita, a su sombra!".

Por eso la desaparición de la malpocada, a quien sustituye la tosca negra cruz, tuvo para mí no sé qué de trágico, algo que removió cenizas y ascuas de sentimiento... confuso, dormido, pero capaz de despertarse y de convertirse en la infinita piedad suscitada por el espectáculo del infinito dolor. Acabábamos de dejar atrás los corpulentos castaños; el sol declinaba, encendiendo al soslayo, con toques y vislumbres de cobre limpio, el pelaje de las vacas y los recentales juguetones que aguijoneaba un aldeano, de retorno sin duda de la feria. El aroma penetrante y ambiguo de la flor del saúco se confundía con el olor insulso del polvo removido por las pezuñas del ganado. Un automóvil amarillo cruzó como alma que el diablo lleva, soltando vahos de gasolina. ¡Un automóvil! ¡Si viviese aún la mal pecada! ¡Cómo pedir limosna a quien vuela en automóvil!

Y la cruz negra, de repente, la cruz que me había comprimido el pecho, me pareció consoladora, buena. Era otra súplica de la ciega... "Por amor de Dios..., acordaos todavía de mí, rezad". Y, entre el silencio campestre, alto y religioso, que había sucedido al paso de la máquina endemoniada y el correteo de los becerrillos desmandados de susto, se me representó otra vez la mendiga, en pie, al lado de la cruz negra. Las cuencas de sus ojos ya no estaban vacías: en ellas brillaban unas pupilas azules, espléndidas, con limpidez de zafiro. Su vestimenta era blanca; y alrededor de su cuerpo derecho, casi gallardo, clareaba un halo de luz, los oros en fusión del poniente y la plata que vierte la luna nueva...

Y si no existiese esa región misteriosa donde te han engastado otra vez los ojos en las órbitas y donde tus andrajos son blancuras, ¿qué excusa, qué explicación tendría para ti este mundo, vejezuela, cuyo monumento es esa negra cruz desbastada a hachazos por un carpintero de aldea, y que el próximo invierno pudrirán las lluvias?

Bajo el sol -que ya empieza a hacer de las suyas, porque estamos en junio-, los tres operarios trabajan, sin volver la cara a la derecha ni a la izquierda. Con movimiento isócrono, exhalando a cada piquetazo el mismo ¡a hum! de esfuerzo y de ansia, van arrancando pellones de tierra de la trinchera, tierra densa, compacta, rojiza, que forma en torno de ellos montones movedizos, en los cuales se sepultan sus desnudos pies. Porque todos tres están descalzos, lo mismo las mujeres que el rapaz desmedrado y consumido, que representa once años a lo sumo, aunque ha cumplido trece. La boina, una vieja de su padre, se la cala hasta las sienes, y aumenta sus trazas de mezquindad, lo ruin de su aspecto.

Es el primer día que trabaja a jornal, y está algo engreído, porque un real diario parece poca cosa, pero al cabo de la semana son ¡seis reales!, y la madre le ha dicho que los espera, que le hacen mucha falta.

Hablando, hablando, a la hora del desayuno se lo ha contado a las compañeras, una mujer ya anciana, aguardentosa de voz, seca de calcañares, amarimachada, que fuma tagarnina, y una mozallona dura de carnes, tuerta del derecho, con magnífico pelo rubio todo empolvado y salpicado de motas de tierra, a causa de la labor.

-Somos nueve hermanos pequeños -ha dicho el jornalerillo-, y por lo de ahora, ninguno, no siendo yo, lo puede ganar. Ya el zapatero de la Ramela me tomaba de aprendís; solamente que, ¡ay carambo!, me quería tener tres años lo menos sin me dar una perra... Aquí, desde luego se gana.

-En casa éramos doce -corrobora la tuerta, con tono de indefinible vanidad-, y mi madre baldada, y yo cuidando de la patulea, porque fui la más grande. ¡Me hicieron pasar mucho! Peleaba con ellos desde l'amanecere. A fe, más quiero arrancar terrones. Había un chiquillo de siete años que era el pecado. Estando yo dormida me metió un palo de punta por este ojo y me lo echó fuera...

Y la vieja, entre dos chupadas, declaró sentenciosamente:

-El que con chiquillos se acuesta... Yo, ende viendo uno (que sea ajeno, que sea mi nieto), le levanto la ropa y le pego un buen azote...

No era verdad; el vecindario de aquel pobre barrio extramuros sabía que la bruja de la voz carrascuda, aun cuando tuviese el cuerpo muy lastrado de líquido, no se metía en realidad con nadie; pero andaba siempre alabándose de abofetear al uno y de destripar al otro. Y la tuerta, con expresión de malicia, guiñó su ojo viudo, sonriendo al escuchimizado rapaz.

Desde que sonó la hora cesaron las confidencias. La taciturnidad del trabajo monótono pesaba sobre los espíritus, adormilándolos, como si el aire que sus pulmones absorbían afanosamente en el trajín les barriese las ideas del seso. Su faena mecánica les atontaba quitándoles del pensamiento cuanto no fuese la repetición incesante, espaciada por la acción de alzar y bajar la piqueta, del golpe que había de socavar aquella trinchera formidable, desmontando tierra y más tierra, que llevaban los carros ni sabían los jornaleros adónde. ¿Qué les importaba, además?

El rapaz, Raimundo, trabajaba, lo mismo que las dos mujeres, por cuenta de un contratista, hombre agenciador, que hacía el negocio de proporcionar gente a los que tenían obras en planta, cobrando los jornales a peseta y abonándolos a real. ¡Vaya! Para eso, con él, seguros estaban de tener choyo todo el año.

No sospechaban, y si lo sospechasen no les importaría, que aquella tierra se destinaba a rellenar un parque en una quinta próxima. Nutrirían con sus jugos, en vez de ortigas y cardos, las plumeadas araucarias, las palmeras elegantes, las fragantes magnolias, las camelias indiferentes a todo en su charolado orgullo. La trinchera, abierta por la construcción del nuevo camino que a la estación conduce, es alta y muestra las zonas de color de las capas del terreno. El trabajo de excavación ha abierto en ella una cava, que ya ofrece sombra cuando el calor arrecia, en aquella hondonada que limitan dos taludes y que no refresca el abanicar del aire de la ría. Y los jornaleros truecan chanzas cuando se enteran de que ya los cobija el desmonte.

Luego, a darle a la piqueta, a darle duro. ¡A-hum! El rapaz se siente desfallecer de cansancio. Es fuerte el trabajo así, el primer día, sobre todo el primer día. Los brazos parece que se los han apaleado, de tanto como le van doliendo. Las compañeras se ríen.

-¡Mocoso! ¿Pensaste que era como jugar a la billarda?

El amor propio, el pundonor le reaniman. Alza la piqueta con más ánimos. Se acuerda del contratista, de la ojeada de desprecio con que le dijo al concederle jornal:

-Te tomo..., no sé por qué; no vas a valer; estás esmirriado; eres un papulito que siquiera puedes con la herramienta...

¿Esmirriado? Ahora se vería si las otras, las femias, hacían más... La tuerca notó el arrechucho del novato, y le dijo, maternal, bondadosota:

-No te mates, hombre, que igual ha de ser. El negocio no está en dar tanto piquetaso, sino en arrincar de cada golpe buena pella.

Y señalaba el hacinamiento a su lado, donde cada fragmento de terrón era doble de los que hacía caer Raimundo. El suspiro, sin responder, volviendo a la carga.

Un automóvil pasó, haciendo retemblar la tierra. No vieron sino la rotación deslumbrante de sus ruedas amarillas. Flotó en el aire un tufo de bencina, exasperado por el calor. Aún no se había disipado, cuando asomó por la carretera un cura de aldea, caballero en un borrico. Tan despacio avanzaba, que el jinete tuvo tiempo de observar sobre las cabezas de los tres jornaleros algo que le llamó la atención. Era una enorme masa de tierra, suspendida, por decirlo así, en el aire. La cueva, ahondada por la continua mordedura afanosa de las piquetas, no tenía ya más cubierta que aquella saliente costra, conmovida sin tregua, de desplome fatal, inevitable. Y en la imaginación del párroco se precisó la catástrofe, enlazada al recuerdo de una frase leída por la mañana, entre sorbo y sorbo de chocolate,en el diario integrista: "Socavan y socavan la sociedad, y se les vendrá encima cuando menos lo piensen". Refrenó a su rucio, cerró el paraguas de alpaca oscura y sin apearse arrimóse al socavón, gritando:

-¡Eh! ¡Vosotros! Que se os viene encima esa tierra. ¿Estades ciegos?

La alcoholizada le contestó pintoresca reata de injurias sobre el tema de la profesión. La moza tuerta solo refunfuñó:

-¡Nos deje en paz! Vusté no nos hace el trabajo.

Raimundo, por su parte, ni se volvió. Enfaenado, cayéndole una gota de cada pelo, sin aire ya para sus chicos pulmones, se puede creer que ni oiría. El zumbido de la piqueta, su retumbo mate contra la pared borrosa, era lo único que vagamente percibía, envuelto en el jadear de su anhelante pecho.

¡Cuándo serían las doce, señaladas por el paso del tren, para dejarse caer al suelo de golpe y mascar, ya medio dormido de cansancio, el corrusco de pan de maíz!

El cura, no obstante, seguía vociferando caritativos insultos.

-¡Bárbaros! ¡Brutanes! ¡Ni media hora tarda eso en venirse!

Y como la vieja se lanzase fuera del excave para replicar furiosa, se oyó un estrépito sordo, apagado; se alzó una nube de polvo rojo, y en seguida, un silencio siniestro, interrumpido por el rodar de los últimos terrones que caían de lo alto. De pronto, un escarabajeo, un pataleo, un trajín de fiera soterrada y que violenta las paredes de su entierro. Era la moza rubia, que vigorosamente perneaba, cabeceaba para salir de entre la masa de tierra de la impensada sepultura.

Acudieron el párroco y la bruja; la ayudaron; se le vio sacar primero la rodilla, después una pierna, al fin el tronco, y la faz lívida, con la respiración cortada; el único ojo, loco de espanto. Nadie pensó sino en ella. El rapaz no resollaba; al principio le olvidaron. Cuando se empezó a solevantar la tierra, porque acudieron vecinos de las casucas y tabernas desparramadas por el camino real, costó trabajo descubrirle; lo más fuerte del desplome había recaído sobre el pecho. Tenía los ojos inyectados de sangre, la boca y las orejas tapiadas con barro bermejo. Los pies parecían incrustados en la tierra, otra vez compacta.

¡Aquellas elecciones iban a ser sonadas! Las de más sona desde hacía muchos años, y cuenta que el distrito de Eiguirey siempre da que hablar en casos tales. Pero acrecía la resonancia dramática del presente el que luchasen dos hermanos, últimos vástagos de la antigua estirpe de Landrey Lousada, el señorito Jacinto y el señorito Julián. Enemistados desde las partijas de la herencia paterna, enzarzados en interminable pleito, trababan ahora campal batalla en el terreno electoral. Jacinto representaba a los conservadores; Julián, al poder, a los fusionistas. El propio ministro de la Gobernación, llamando a su despacho al candidato, le había dirigido observaciones prudentes, y en vista de su decisión irrevocable, acabó por transigir. ¡Allá ellos, después de todo! ¡Que se matasen, si era capricho!

Y es que el odio aproxima como el amor; es que en el alma de los contrincantes hervía el impulso del encuentro cuerpo a cuerpo y cara a cara (el montielismo, decía Raide, médico rural muy leído y muy diserto). La vanidad también los inducía a disputarse a Eiguirey; ahora que no existen vínculos ni mayorazgos, con igual derecho podían ocupar la cabecera del banco de roble de su capilla en la iglesia parroquial, donde, sobre ennegrecidas piedras, se inscriben, en letras góticas, los foros de la familia. ¿Acaso el pazo, el destartalado caserón, con su torre aún erguida, su escudo rudimentario, sus balcones de hierro atacados por el orín, su aspecto de majestad caduca; acaso aquella residencia secular, testigo del dominio de los Landrey, no estaba también en litigio? ¿Sabía alguien si se lo llevaría el mayor o el menor? Lo decidirían los jueces; pero el resultado de las elecciones, ¡calcule usted si pesaría en el desenlace de la cuestión! La telaraña de influencias entretejida alrededor del importante asunto tendía sus hilos por el campo de la política; ninguno de los dos Landrey podía retroceder una pulgada.

Dentro de sus gruesas paredes guardaba el pazo a una mujer -elemento patético en la fratricida contienda-, la viuda de Landrey Losada, la madre de ambos contendientes. Desde el primer indicio de la desavenencia entre los hermanos, la señora, negándose a vivir en la ciudad con ninguno de ellos, se había retirado allí, al antiguo solar; cada vez que Julián o Jacinto venían a Eiguirey para manipular la elección, pretendían saludar a su madre, y ella se negaba a recibirlos, "a no ser que fuesen juntos". Al pasar ante el caserón, las comadres de la parroquia proferían exclamaciones de lástima, con el enfático tono que adopta la gente de aldea para comentar las desdichas del señorío.

-¡Vaya una compasión!

-¡A nadie le falta su cruz, Asús, Asús nos valga!

Y tal vez una comadre, dándola de escéptica, formulaba su voto particular:

-Callade, parvas de vosotras... ¡Quién se viera en el pellejo de la señora, diaño! ¡Mi vida como la suya! ¡La mesa muy bien puesta mañana y tarde, ella muy bien descansada, con sus criadas para la descalzaren! ¡Desdichadiñas nosotras, que andamos al sol y a la friaje para nos ganar el no morir!

Un rumor de protesta ahogaba estas manifestaciones díscolas. ¿No veían las comadres que la señora se iba acabando, acabando? ¿No estaba en la misa el domingo, flaca, flaca y amarilla, amarilla? ¿No había visto Marijuana la Chosca, con su único ojo, correr por las mejillas de la señora abajo unas lágrimas así? ¿No tenía el señor cura en su poder la cera para la función solenísima a la Virgen de los Dolores, que la señora ofrecía si hacían paces sus hijos? ¿Y no juraba el secretario, Pedro Miñato, que antes se vería al Avieiro remontar corriente arriba que abrazarse a los dos Landrey? ¿Qué val la comida rica, si quien hala de comer tiene el corazón atragantado en el gañote? ¿Qué interesa la cama mol, si quitan el sueño pensares amargos?

Y el caso era que aquella madre dolorosa, recluida en aquel caserón, complicaba más de lo que parecía el problema electoral. Así lo creía y lo repetía el gran muñidor y cacique Pedro Miñato, que andaba loco trabajando por don Julián a fin de desbaratar los planes del terrible cura de Cerverás, factótum de don Jacinto. Porque, ¡velay!, la señora disponía de una buena mano de votos, poseía en el distrito numerosos caseros, arrendatarios de sus lugares, fuerza, en fin, y había dado en la peregrina tema de advertir que si alguno de los suyos votase le quitaría las tierras inmediatamente. La fuerza de la señora inclinaría la balanza. ¡No poder apoderarse de elemento tan capital! ¡Si al menos la señora no residiese allí; si dejase el campo libre! La idea echó raíces en el fértil cerebro de Miñato, famoso por sus estratagemas y ardides electorales hasta más allá de los términos de la provinica. ¡Expulsar a la señora! ¡Aprovechar su ausencia para copar los votos! No se trataba de

hacer picardías..., ¡que si se tratase, allí estaba Miñato también! Solo de un destierro temporal, de despejar el ruedo... "Y no hace falta -añadía Miñato para su chaquetón-, que se entere don Julián: puede que se enfadase y lo estropease todo. Estas cosas, allá, yo, yo solito me las amaño..."

Cuatro días después, observando Miñato a la señora, al salir de misa mayor, no pudo reprimir la chispa de satisfacción que asomó a sus pupilas. ¡Ya empezaban a surtir efecto los "avisos" anónimos! Dos había escrito, con su habilidad pendolística de ex maestro de escuela, disfrazando la letra, esmerándose en la redacción. Si la señora no daba los votos a su hijo don Julián, que se atuviese a las consecuencias: la noche menos pensada, el pazo -¿lo entendía bien?-, el pazo saltaría por los aires. Y al notar cómo la señora apenas podía sostenerse; al mirar su cara de desenterrada, sus ojos de espanto, Miñato calculó: "No aguanta el miedo ni una semana. Toma el coche y se limpia".

Corrió la semana y no dio señales de disponer viaje la señora. Al contrario, tuvo Miñato soplo de que había convocado a todos los caseros, reiterándoles, con imperiosa energía, la consigna de neutralidad y abstención.

El que vote ya sabe lo que le aguarda. Será despedido y le ejecutaré por justicia. Todos me debéis. Todos andáis atrasados. Si no os mezcláis para nada en las elecciones, os perdono. Si no..., os arruino. He de veros pedir limosna. ¡No decir que no os avisé!

Y Miñato, al tratar inútilmente de arrastrarlos a la desobediencia, les decía al oído.

-No tener miedo, parvos, gallinas. La señora no vos hace nada, porque luego ha de espichar. ¿No le veis estampada en la cara la muerte?

No moría, sin embargo, y a las elecciones se las llevaba Judas -para el Gobierno, se entiende-, porque don Jacinto, el conservador, el mejor, gracias al activo apoyo del cielo y del señorío, ganaba terreno. Miñato vaciló, luchando con la diabólica tentación o, mejor dicho, con las consecuencias que de ceder a ella pudieran seguirse. Preocupado e indeciso, rondó a deshora el caserón, ocultándose entre las sombras de la noche. "Si no es más que asustarla -se repetía a sí mismo-. Pondré una cantidad insignificante... Bomba de palenque más o menos".

Entre el silencio nocturno, sólo interrumpido por la queja misteriosa del Avieiro, que eternamente plañe las miserias de la vida, resonó pavoroso el estrépito de la detonación; la repercutieron los ecos de las vertientes, la prolongaron los escarpes de la montaña. ¡La dinamita! ¡Volaba el pazo! Los aldeanos sacudieron el sueño, corrieron a armarse de hoces, de palos, de horquillas; las mujerucas rezaban ringleras de oraciones, apretando contra el seno a los chiquillos. ¡Volaba el pazo! Cuando llegaron al pie de la anciana torre, la vieron con asombro impertérrita... Ni una grieta, ni conmovido un sillar. Había resistido como paladín de leyenda al fendiente de un gigantesco follón. En el cuerpo de edificio los vidrios se hicieron añicos. Algún marco de puerta se desquició... Insignificante de verdad sería la dosis graduada por el pirotécnico... Una bomba más o menos, un episodio de fiesta y algazara. Una estratagema, un chiste, un susto.

A la señora la encontraron tendida en la cama, caliente aún su cuerpo, pero sin señal de vida. La volvieron, le prestaron auxilios inútiles. Si cada corazón no guardase su secreto hincado como un puñal, se sabría que aquella madre no murió de miedo a un ruido, ni del temblor de unas paredes. Lo clavado hasta el mango en el pobre sangriento corazón maternal era el último anónimo, que decía: "Por orden del señorito, se va a tomar una providencia..." ¡Por orden de su hijo! Y temerosa de comprometer a su Julián, uno de sus dos tristes e inmensos amores, la señora, ya en las ansias del último trance, había quemado en la bujía el infame papel. Al abrirse la puerta, negras películas cenizosas revolotearon alrededor del cadáver.

INÚTIL

Mientras sus amos y todos los demás servidores salían por la vetusta portalada tupida de hiedra, que ya encubría el blasón de los Valdelor, Carmelo, el mayordomo viejo, experimentaba el mismo recelo de costumbre, siempre que le dejaban así, guardando el pazo, solo, como se deja en un corral a un mastín desdentado y caduco. "¿Y si vienen?", pensaba, rumiando los noticierismos de tertulia aldeana en la cocina y en las deshojas de maíz.

La culpa de semejante caso teníala el capellán, su ocurrencia de largarse a Compostela a consultar con el sapientísimo médico Varela de Montes... Señores y criados se veían compelidos a oír la misa parroquial de Proenza, a dos leguas y media de Valdelor; toda una caminata por despeñaderos, para que, al fin, el abad, reñido de antiguo con don Ciprián de Valdelor por no sé qué cuestiones de límites de una heredad de patatas, alargase a propósito la misa a fuerza de plática y responsos, con el fin de retrasarle al gordo hidalgo la hora de sentarse ante el monumental cocido de mediodía. ¡Que se fastidiase! Y, adrede, el abad se eternizaba en los latines, recalcando, de un modo pedantesco por lo despacioso, los sacros textos. No es de extrañar que don Cipriano saliese hacia Proenza de humor perruno, al paso que su hija Ermitas iba jubilosa, a lomos de su pollina gris enjamugada de terciopelo granate y con frontelera de lucios cascabeles. Ermitas se reía en las narices de Carmelo, al mirarle tan cariacontecido.

-¿Qué es eso? Hay miedo, ¿eh, viejiño? ¿Y a qué tenemos miedo? ¿Al cocón? ¿Qué va a pasar a las diez de la mañana, con este sol de gloria? ¿Por qué no vienes también a Proenza?

Carmelo señalaba a sus piernas flojas, temblonas, de achacoso, y murmuraba:

-No hay ánimos... Está uno derreado... Y tampoco se podrá dejar la casa sin compaña ninguna.

-Si estás derreado, no servirás para guardarla -respondía la mayorazga alegremente-. Bueno, no te apures. No anda gente mala en estas parroquias.

-Anda más arriba de Proenza, cara a Boán -afirmaba temerosamente el anciano-. Dijéronme antiyer...

-Cacareos de comadres -intervenía don Cipriano-. ¡Y si andan, que vengan! Se les hará un bonito recibimiento. Tres criados, el capellán, cuando vuelva, y yo; total, cinco hombres; armas cargadas de sobra... Llevarían que rascar.

Sin falta, saltaba Ermitas Valdelor:

-¡Cinco hombres! Y luego, ¿María Lorenza y yo íbamos a quedarnos sentadas o a fecharnos en el desván?

A lo cual, María Lorenza, mozallona fornida, que así barría y guisaba como ensillaba la yegua de su señor, exclamaba briosa:

-¡A fe, yo tumbo a uno! ¡Así Dios me salve, le tumbo escarranchado!

Carmelo agachaba la cabeza. ¡Cinco hombres! A él no le contaban, y era natural. No es hombre un abuelo que ni tiene pulso para meter una llave por el agujero de una cerraja.

-¡Vayan muy dichosos! -mascullaba al alejarse la cabalgata y desaparecer en el recodo del sendero.

Ya no se oían los cascabeles de la borrica, el golpeteo sonoro de las herraduras sobre el pedregal, y en el alma del viejo pesaba la impresión honda de la amplia soledad del campo, sumido en la paz silenciosa, absoluta, del domingo. La naturaleza estaba vacía y solemnemente muda; ni un soplo de aire agitaba las hojas; el mismo regato, tan cantador y vivo, los pardillos y gorriones inquietos, dijérase que callaban y se adormían inmóviles. Allá, a lo lejos, un jirón de niebla, deshilachado suavemente por el sol, flotaba, engarzándose en los riscos de Penamoura. La mirada turbia de Carmelo se fijó en la enhiesta cumbre, y un recuerdo pueril le trajo una asociación de ideas apropiada a su estado de ánimo. "Ahí, en Penamoura, cuentan que enterraron los moros un tesoro muy grandísimo", había pensado el viejo; y este pensar le refrescó el otro, origen principal de sus terrones; el "secreto", la arquilla repleta de ricas onzas portuguesas y castellanas que, ayudado por él, Carmelo,

había ocultado el señor de Valdelor en el escondrijo que únicamente los dos conocían... ¿Por qué misteriosos conductos se esparció la noticia del caso? Don Cipriano no lo dijo ni a su hija, y Carmelo..., ni se lo dijera al confesor, así fuese pecado mortal. Ello corrido andaba por el país; que en Valdelor existían onzas, un montón de oro, encanfurnado en un rincón que sólo el amo y el mayordomo sabían, los muy zorros, ladinos... La propia furia de Carmelo cuando los aldeanos aludían al secreto de las onzas, era delatora, era imprudente. Y Carmelo creía que la oculta arquilla hablaba, gritaba, hacía señales, despertando codicias y atrayendo a los malhechores. Por eso no dormía; Por eso le temblequeaban las enclenques piernas, al quedarse abandonado en aquel pazo de carcomidas puertas y tapia desportillada, llena de boquetes. ¡Las onzas! Al olor de las onzas, la gente mala no podía menos de acudir. Y él, ¿cómo las defendía? ¿Era él capaz de defender algo?

Para distraer el temor, dirigióse a la cocina, a cuidar del puchero. Recebó el fuego del hogar con leña menuda, y destapó y espumó la olla, lentamente. El glu-glu del pote colgado le interesó, y lo revolvió con un cucharón largo, profundo. Sus pasos levantaban eco en la vasta cocina desierta. Hasta los canes, a hora semejante, andarían correteando por los sembrados; su oficio era vigilar de noche... De pronto se oyó un pitido de averío que se azora, y unos pollos se refugiaron en la cocina, a trancos grotescos. Carmelo, que dialogaba con los bichos, preguntó en alta voz, sin volverse:

-¿Qué tenedes, malpocados?

Detrás de la cáfila de pollos venían cinco figurones, de cara cubierta por negros pañuelos que el sombrero ancho sujetaba, y en que dos tijeretazos habían recortado el hueco de los ojos. La partida se echó sobre Carmelo y le sujetó. No le ataron. ¿Para qué? Y el capitán se le acercó, hablándole con buen modo, en voz cambiada, de máscara aguardentosa.

-Señor Carmelo, no hay mientes de hacerle mal. Muéstrenos ónden paran las onzas, y nos vamos por onde hemos venido.

El viejo respiraba congojosamente. Se oía el choque de sus dientes amarillos. Sus ojos espantados se desviaban de las horribles caras de sombra. Ni acertaba a contestar: no revolvía la lengua.

-Por señas, amigo -añadió el jefe-. Señale dónde es, que allá vamos.

Débil, extinguido, salió por fin un acento de la apretada gorja.

-No..., no hay... aquí... onzas... No hay.

-¿A ver si tenía yo razón, maldita mi suerte? -vociferó otro de los enmascarados-. Por bien no le sacaremos ni esto. A preguntar de otro modo: ¡hala!

-Cante la verdad, señor Carmelo -insistió el jefe-. Este asunto se ha de despabilar pronto; antes que vuelva de misa la demás familia. Sabemos que está escondido mucho dinero en la casa. ¿Onde? Apriesa, que le conviene.

Un hilito de voz cascada repitió:

-Aquí... no hay nada... nada de onzas.

El jefe blasfemó.

-...¡Dios!... Ya que se le antoja, será... Alistarse, rapaces...

Arrastraron fácilmente al anciano hacia el fuego que acababa de recebar, y que ardía restallando, enrojeciendo la oscura panza del pote y las trébedes en que descansaban las ollas. Desviaron las más próximas, y arrodillando a Carmelo de un empujón, le apoyaron ambas manos en la brasa. Un alarido de salvaje dolor subió al cielo.

-A levantarlo -dispuso el jefe-. Ahora hablará.

Le enderezaron, le echaron agua por la faz cérea y contraída -estaba desvanecido-, y al verle entreabrir los párpados, porfiaron con duro tono. El viejo movía la cabeza, diciendo que no, y que no, débilmente.

-¡Vuelta al fuego!

Y despacio, con rabia fría, le extendieron las palmas sobre el brasero, avivado por llamitas cortas, en que se evaporaba la resina del pino. Crujían, desnudándose de piel y tegumento, los secos huesos, al tostarse, y el cuerpo, inerte ya, no se revolvía. Sólo al principio, al sentir el ardor infernal del fuego, había sollozado la víctima:

-¡Compasión! ¡Por el alma de vuestras madres!

-Nos ha desgraciado el golpe -refunfuñó el jefe-. Aunque le desollemos no chista.

-¡Si está medio muerto!

De un puntapié le empujaron más adentro del hogar. La llama prendió en la ropa y en el pelo canoso. No hizo un movimiento. Ardía mejor que la yesca y la madera apolillada.

Al volver de misa los señores de Valdelor creyeron que era un accidente casual -la caída del viejo en la lumbre-, lo que los privaba de un criado bueno, fiel, pero inútil para el servicio.

ARMAMENTO

Fue en una noche de invierno, ni lluviosa ni brumosa, sino atrozmente fría, en que por la pureza glacial del ambiente se oía aullar a los lobos lo mismo que si estuviesen al pie de la solitaria rectoral y la amenazasen con sus siniestros ¡ouu... bee!, cuando el cura de Andianes, a quien tenía desvelado la inquietud, oyó fuera la convenida señal, el canto del cucorei, y saltando de la cama, arropándose con un balandrán viejo, encendiendo un cabo de bujía, descendió precipitadamente a abrir. Sus piernas vacilaban, y el cabo, en sus manos agitadas también por la emoción, goteaba candentes lágrimas de esperma.

Al descorrerse los mohosos cerrojos y pegarse a la pared la gruesa puerta de roble, dejando penetrar por el boquete la negrura y el helado soplo nocturno, alguien que no estuviese prevenido sentiría pavor viendo avanzar a tres hombres, más que embozados, encubiertos, tapados por el cuello de los capotes, que se juntaba con el ala del amplio sombrerazo. Detrás del pelotón se adivinaba el bulto de un carrito y se oía el jadear del caballejo que lo arrastraba, y cuyas peludas patas temblaban aún, no sólo por el agria subida de la sierra, sino por haber sentido tan de cerca el ardiente hálito de los lobos monteses hambrientos.

-¿Está todo corriente? -preguntó el que parecía capitanear el grupo.

-Todo. No hay más alma viviente que yo en la casa. ¡Pasen, pasen, que va un frío que pela a la gente!...

Metiéronse en el portal e hicieron avanzar el carrito, que al fin cupo, no sin trabajo, por el hueco de la puerta; cerrándola aprisa sólo con llave, sin echar los cerrojos otra vez, y ya defendidos de curiosidades -aunque en tal lugar y tal noche no era verosímil ningún riesgo-, bajaron los cuellos de los abrigos y se vieron unos rostros curtidos por la intemperie, animados por la resolución; unas barbas salpicadas de goteruelas: la respiración, liquidada al abrigo del paño.

-Suban -dijo el párroco solícitamente-. Hay en la mesa buen jamón, queso, vino... Echen un chisco, caliéntense.

-¡Mal truco! -juró el jefe de la partida-. Interín no se acomoda el género..., nadie bebe un chisco aquí. ¡A lo que venimos!

Obedeció el cura, alzando cuanto pudo la luz; quitaron prestamente la capa de paja que cubría el carro, y apareció relleno, atestado de armas diversas, desde la anticuada escopeta de caza y el arcaico trabuco, hasta los revólveres de ordenanza y el fusil Remington. Una corriente de orgullo, un espíritu de reto, de provocación, surgió de aquel hacinamiento de bélicos trastos. El párroco olvidó los temores que momentos antes hacían entrechocarse sus dientes; los tres mocetones montañeses rieron y blasfemaron de gusto. ¡A ver cuándo llegaba el día de estrenar el armamento! Y no había de tardar, ¡mal truco! Ahora, a esconder el arsenal donde ni el mismo diaño acierte con él...

-Más secreto, imposible... -afirmó el cura-. Mis sobrinas, en Compostela desde anteayer. ¡En lenguas de mujeres no hay fianza. El sacristán pasa todo el día de hoy y el de mañana en Cebre con su hermano, el tendero, que necesita que le saque las cuentas del almacén. Por aquí, con el frío lobero, la nieve amagando, no aporta alma cristiana. Tenemos veinte horas nuestras. Si prefieren cenar y dormir...

Repitieron que no. En quitándose de encima el ansia de esconder aquello, ya comerían, ya dormirían... Ahora, ¡al negocio! De la carga del carro tomó cada cual lo que pudo, y guiando el cura, que amparaba la luz con la mano, salieron al huerto, comunicado con la iglesia por una puerta baja abierta en el romántico ábside y que daba acceso a la sacristía. El frío del cañón de los fusiles les quemaba los dedos, y resbalaban en la escarcha de los senderos, guarnecidos de árboles frutales sin hojas. Dentro de la iglesia ya, encendió el cura los dos cirios colocados ante la efigie de Nuestra Señora, y se vio que los tableros que cubrían la mesa del altar habían sido desclavados; en el suelo yacía una espuerta con martillos, clavos, tenazas; la piedra de ara descansaba sobre las gradas del presbiterio, y el hueco oscuro del altar vacío semejaba la boca de un sepulcro...

-¿Nos cabrán ahí? -preguntó uno de los mocetones.

-Si no caben, ya tengo yo discurrido otro escondrijo muy bueno; pero me ayudarán a levantar la losa, que no soy hombre de hacerlo solo -añadió, señalando a un gótico sarcófago sostenido por dos leones toscamente labrados y sobre el cual reposaba un paladín de granito, armado de punta en blanco, ceñudo, severo.

Comenzaron a depositar el contrabando en el hueco del altar; a pocos viajes, quedaron acomodadas las dos terceras partes de las armas, hasta el borde. Clavaron otra vez los tableros, encajó el cura la piedra de ara, extendió el mantelillo, restableció en orden las sacras, los candeleros, el atril, y aquí no ha pasado cosa alguna. Ahora era preciso alzar la losa de la tumba de granito, interrumpir el sueño secular del guerrero noble. Aplicáronse a ello los tres forzudos mocetones; arrancaron la argamasa, dura como mármol, y sirviéndose de trabucos a guisa de palanquetas, lograron desquiciar y alzar la losa, corriéndola a un lado. El cura retrocedió despavorido: en el fondo del sepulcro había huesos, cenizas, guiñapos, polvo humano -lo que restaba de aquel batallador, ¡lo que ha de restar de todos los hombres!-. La idea de la profanación humedeció su frente con sudor frío; precipitadamente hizo la señal de la cruz. ¡De aquello no podía salir cosa buena! Entre tanto, los mocetones, sin cuidarse de la suerte que corrían los despojos del valeroso caballero, acomodaban en la tumba el resto del depósito -fusiles, escopetas, cartuchos, balas...-. Al volver a sentar con violento esfuerzo la losa, preguntaron:

-¿No habrá un poco de mezcla?

-No... Dejadlo ahora así; yo le echaré la mezcla cuando esté solo y tenga tiempo...

Hicieron desaparecer las últimas huellas de la misteriosa labor; apagaron los cirios; cruzaron el huerto; subieron a la salita de la rectoral, y ni los lobos que los habían seguido de lejos echándoles unos ojos como brasas, devoran así. Engulleron todo: el jamón curado de Lugo, el queso de San Simón, el pan de centeno; tres veces vieron el fondo del botellón de añejo vino. Rieron, contaron chascarrillos de cazadores, describieron plásticamente a la médica de Cebre, el mejor bocado en seis leguas a la redonda, y, sobre todo, evocaron las contingencias de un alzamiento ya inminente, la distribución y empleo de aquella ferranchinería escondida con tanta habilidad, que ni el mismo diaño... ¡Mal truco! ¡No tendría tiempo de comérsela el orín! ¡Ya sonaría, ya, manejada por quien sabemos! Estábamos en Nadal, ¿no? ¡Pues allá por Antruejo... lo más tarde! ¡A embromar al Gobierno y a la Guardia Civil!

Hartos, semichispos aún, después de un sueño de cinco horas, se marcharon a mediodía con su carrito, donde, por disimular, por si les daban el alto, metieron cerro, habas secas, haces de paja. Solo quedó el cura con el depósito.

Solo... y espantado. Siempre que decía misa en el altar, relleno de armas, creía oír que se entrechocaban, que el hierro hablaba y amenazaba, que las balas querían atravesar los tableros irradiando destrucción. "Paciencia -pensaba-; esto, poco ha de durar; allá para Antruejo..." Vinieron los gordos Carnavales, con su escolta de ollas tocineras y de filloas amarillas; vinieron la Semana Santa, la Pascua, el mes de María, y como si tal cosa; el país reposaba tranquilo. Estaba el cura lo mismo que si hubiese asesinado a alguien, enterrando el cadáver secretamente, y temiese a cada minuto que iban a descubrir el cuerpo. No comía ni dormía; en cada rostro pensaba leer que el secreto había transpirado, que se cuchicheaba, que vendrían los civiles a registrar, que se le llevarían a él, ¡un sacerdote!, atado codo con codo, sabe Dios a qué destierro, a qué presidio..., ¡a qué consejo de guerra! Y corría el año, y volvía la nieve a poner monteritas blancas a los abruptos picos de la sierra, y del famoso alzamiento..., ni indicios. "No puedo vivir más con este embuchado -resolvió el cura-. Me volvería loco". En arranque repentino y febril, metió ropa en el cofre, se despidió de sus sobrinas, montó en la yegua, llegó a Marineda en tres jornadas, y el primer vapor de emigrantes que salió de la linda bahía acogió en su seno a un hombre que iba huyendo de un altar y de un sepulcro.

LA CAPITANA

Aquellos que consideran a la mujer un ser débil y vinculan en el sexo masculino el valor y las dotes de mando, debieran haber conocido a la célebre Pepona, y saber de ella, no lo que consta en los polvorientos legajos de la escribanía de actuaciones, sino la realidad palpitante y viva.

Manceba, encubridora y espía de ladrones; esperándolos al acecho para avisarlos, o a domicilio para esconderlos; ayudándolos y hasta acompañándolos, se ha visto a la mujer; pero la Pepona no ejercía ninguno de estos oficios subalternos; era, reconocidamente, capitana de numerosa y bien organizada gavilla.

Jamás conseguí averiguar cuáles fueron los primeros pasos de Pepona: cómo debutó en la carrera hacia la cual sentía genial vocación. Cuando la conocí, ya eran teatro de sus proezas las ferias y los caminos de dos provincias. No quisiera que os representaseis a Pepona de una manera falsa y romántica, con el terciado calañés y el trabuco de Carmen, ni siquiera con una navaja escondida entre la camisa y el ajustador de caña que usaban por entonces las aldeanas de mi tierra. Consta, al contrario, que aquella varona no gastó en su vida más arma que la vara de aguijón que le servía para picar a los bueyes y al peludo rocín en que cabalgaba. Éranle antipáticos a Pepona los medios violentos, y al derramamiento de sangre le tenía verdadera repugnancia. ¿De qué se trataba? ¿De robar? Pues a hacerlo en grande, pero sin escándalo ni daño. No provenía este sistema de blandura de corazón, sino de cálculo habilísimo para evitar un mal negocio que parase en la horca.

La táctica de Pepona era como sigue: Montada en su cuartago, iba a la feria, provista de banasta para las adquisiciones, como una honrada casera del conde de Borrajeiros o del marqués de Ulloa. En la feria aguardábanla ya los de su gavilla, bajo igual disfraz de labriegos pacíficos. Mientras feriaba una rueca, un candil o una libra de cerro, Pepona observaba atentamente a los tratantes; y sus espías, en la taberna, avizoraban los tratos cerrados por un vaso de lo añejo. Sabedores de adónde se dirigía el que acababa de vender la pareja de bueyes y regresaba con las onzas de oro ocultas en el cinto, se adelantaban a esperarle en sitio favorable y solitario. Los ladrones solían tiznarse o enmascararse con un paño negro. Pepona no intervenía; asistía emboscada tras un grupo de árboles. Si aparecía era para impedir que maltratasen o matasen al robado y para dejarle el consuelo, pequeña cantidad que algunos salteadores conceden a los despojados para que beban en el camino.

La justicia era favorable a Pepona, que llevaba cordiales relaciones con oidores, fiscales y procuradores, y con la aristocracia rural. Jamás intentó aquella sagaz diplomática un golpe contra los castillos y pazos; al revés de los bandidos andaluces -¡profunda diferencia de las razas!-, Pepona sólo robaba a los pobres trajinantes, arrieros o labriegos que llevaban al señor su canon de renta.

¡Ah! Era mejor tener a Pepona amiga que enemiga, y bien lo sabía la única clase social algo elevada, a la cual profesaba la capitana odio jurado. Verdad que esta clase siempre ha sufrido persecución de ladrones, al menos en Galicia. Me refiero a los curas. Se les creía, y se les cree aún, partidarios de esconder en el jergón los ahorros, y se pierde la cuenta de las tostaduras de pies y rociones de aceite hirviendo que les han aplicado los bandidos. Sin embargo, en Pepona se advertía algo especial: una saña de explicación difícil, y acerca de cuyo origen se fantaseaban mil historias.

Lo cierto es que Pepona, tan clemente, era con los curas encarnizadamente cruel, y acaso ellos fueron los que añadieron a su nombre el alias de la Loba.

Reinaba, pues, el terror entre la gente tonsurada, que sólo bien provista de armas y con escolta se atrevía a asomar en romerías y ferias, cuando acertó a tomar posesión del curato de Treselle un jovencillo boquirrubio, amable y sociable, eficazmente recomendado por el arzobispo a los señores de diez leguas en contorno. Al enterarse, por conversaciones de sacristía, del peligro que los de su profesión corrían con Pepona, el curita sonrió y dijo suavemente, con cierta ironía delicada:

-¿A qué ponderan? ¿A qué tienen miedo a una mujer? ¡Miedo a una mujer los hombres!

¡Oídos que oyeron tal! Sus compañeros se le echaron encima como jauría furiosa. ¿A ver si se atrevía él con la Loba, ya que era tan guapo y tan sereno? ¿A ver si le mandaban a soltar andaluzadas a otra parte? ¡Que se enzarzase con la gavilla y su capitana, y ya le freirían el cuerpo! ¿Pensaba que los demás eran algunas madamitas, o qué?

-Con la gavilla no me atrevo -dijo el muchacho cuando se calmó el alboroto-, por aquello de que dos moros pueden más que un cristiano; pero lo que es con la señora Loba..., caramba, de hombre a hombre...

Desde aquel día, el joven abad de Treselle pasó por jactancioso y botarate, y se le dieron bromas pesadas, que en la feria del 15 de agosto tomaron ya carácter agresivo. Era a los postres de una comida en la posada de la Micaela, en Cebre, donde se sirve excelente vino viejo y un cocido monumental de chorizo, jamón y oreja; los curas habían resuelto dormir allí, y no volver a sus casas hasta el día siguiente, escoltados, porque en la feria rondaba Pepona. Y el abad de Treselle, sofocado, exclamó al ensopar el último bizcocho en la última copa de Tostado dulce:

-Pues para que ustedes vean... No soy ningún valentón, pero soy capaz ahora mismo de largarme solito a la rectoral. ¡Eh! ¡Micaela! ¡Que arreen mi caballería!

Minutos después, la yegüecita castaña del abad, viva y redonda de ancas, esperaba a la puerta del mesón. Despidiéndose de los asustados comensales, el cura montó y desapareció al trote. ¡Madre del Corpiño! ¡En la que se metía! ¡Cosas de muchachos! Ya vería, ya...

Algunos párrocos, avergonzados, repitieron:

-Convenía acompañarle...

Pero nadie se decidió a realizarlo. ¡Allá él, ya que era tan fanfarrón!

Caía el sol, y el cura, al transponer las últimas casas de Cebre, sintió que el corazón se le apretaba, y refrenó la yegua, mirando receloso alrededor. Sus mejillas, antes encendidas por la disputa, estaban ahora pálidas. El alma se le achicaba. "Hice mal, pero no es cosa de volverse. Tengo miedo-pensó-. A serenarse". Tocó con el arzón las pistoleras; llevaba dos pistolas inglesas magníficas, regalo del marqués de Ulloa. En el pecho sintió el bulto de un cuchillo de picar tabaco. Entonces se rehizo e inspeccionó el terreno. La carretera se hallaba desierta; en los altos pinos el viento gemía fúnebres estrofas.

El abad aguijó a su montura. Al recodo del camino, donde tuerce y lo dominan calvos peñascos, surgió una figura membruda y alta. La yegua se detuvo, empinando las orejas. Era una mujerona, apoyada en una vara de aguijón... Parecía pedir limosna, pues tendía la mano izquierda; pero el curita, que había sido estudiante, vio que lo que hacía la supuesta mendiga era una seña indecorosa. Adquirió energía, prestada por la indignación.

Rápidamente sacó del arzón una pistola y la amartilló. La mujer pegó un salto, y en su atezado rostro, que alumbraban los últimos reflejos del Poniente, se pintó una especie de terror animal, el espanto del lobo cogido en la trampa. No podía el curita adivinar la causa de este fenómeno, en la capitana extraño. Convencida de que no existía cura ni trajinero que se atreviese a salir solo de Cebre a tales horas, había licenciado hasta la mañana siguiente a su gavilla y se retiraba; al ver un barbilindo de curita que se aventuraba en el camino, había querido jugarle una pasada; pero el ruido del gatillo la hacía temblar y le aconsejaba como único recurso la fuga. Dio un salto de costado hacia el pinar, y el joven abad, picando a su viva yegua, se le fue encima, la alcanzó y la atropelló. Saltó él de su montura, empuñada la pistola; pero la Loba, sin darle tiempo a nada, desde el mismo suelo en que yacía, se le abrazó a las piernas y logró tumbarle. Arrancóle la pistola, que arrojó al seto, y después le echó al cuello las recias y toscas manos, y apretó, apretó, apretó...

El pinar, el cielo, el aire, cambiaron de color para el pobre abad. Primero lo vio todo rojo, luego, grandes círculos cárdenos y violáceos vibraron ante sus ojos, que se salían de las órbitas. No fue él, no fue su razón; fue el puro instinto el que guió su mano derecha en busca del cuchillo oculto en el pecho. Y mientras la Loba reía con torpes carcajadas del espectáculo del cura sacando la lengua, a tientas la mano impulsó el arma. La terrible argolla de las manos de la capitana se abrió y ella cayó hacia atrás con el pecho atravesado...

Carne de perro tienen los bandidos. La Loba curó... Pero su ánimo quedó quebrantado, su prestigio enflaquecido, deshecha su leyenda. ¡Vencida Pepona por una madamita de cura mozo! Y el nuevo capitán general que vino a Montañosa -veterano que gastaba malas pulgas-, tanto persiguió a la gavilla, que los señores abades pudieron volver en paz, ya anochecido, a sus rectorales.

EL MONTERO

Aquella noche, la roja Sabel -la mujer de Juan Mouro, el montero de la Arestía- notó algo extraño en aquella actitud de su marido, cuando este regresó del trabajo, negras las manos de la pólvora de los barrenos, y enredados en el grueso terciopelo de su chaqueta pequeños fragmentos graníticos.

-Mi hombre, la cena está lista -advirtió Sabel cariñosamente-. Hay un pote tan cocidito que da gloria. He mercado vino nuevo, y te he puesto una tartera de bacalao gobernado con patatas. ¡Siéntate, mi hombre, y a comer como el rey!

El montero no respondió. Soltó la herramienta en un ángulo de la cocina, acomodóse cerca de la lumbre, y sacando la petaca de cuero, amasó un golpe de tabaco picado entre las palmas de las manos. Lió después el pitillo, y lo encendió y chupó, sin desarrugar el entrecejo un instante, torvo y sombrío, fija la vista en el suelo. Sabel, con solicitud, porfió:

-Llégate a la artesa, mi hombre... Te voy a echar el caldo en la cunca... Mira cómo resciende.

Siempre enfurruñado, Juan Mouro tiró la colilla y se acercó a la artesa, cuya tapa bruñida y negruzca servía de mesa de comedor. Sabel le sirvió el espeso caldo de berzas y unto, observándole con el rabillo del ojo y esperando la confidencia, que no podía faltar. El montero y su mujer se entendían muy bien: ella afanándose en la casa, él bregando en la cantera de la Arestía, extrayendo piedra y más piedra, unidos por el deseo de juntar para adquirir el gran pedazo de sembradura que se extendía al norte de su vivienda y la mancha de castaños adyacentes. Jóvenes aún, se amaban a su manera, con sanas y rudas caricias, y ponían en común las aspiraciones limitadas y tercas del humilde. Así es que Sabel aguardaba, mientras su marido se saciaba, ávidamente, como hombre rendido que repara sus fuerzas. Y así que la satisfacción de la necesidad le produjo bienestar, reventó el embuchado.

-¿No sabes, mujer? Es una cosa que parece cuento. Que saltan con que no les da la gana de que yo arranque más piedra en todo el mes..., ¡y sabe Dios si en el otro!

-¿Qué dices, hom?...

-¡Asimismo... ray!

-¿Y quién tiene poder para eso? ¿El Auntamiento? ¿Los vecinos de la Arestía? ¿No soltamos por la cantera muy buenos cuartos?-refunfuñó Sabel, indignada, depositando sobre la artesa la tartera del bacalao y dos platos de barro vidriado, relucientes como cobre.

-¡Qué Auntamiento ni qué...! ¡No, mujer; si son los de la juelga! Los canteros de Sainís, de Bertial, de Dosiñas. Me leyeron la sentencia: que no se trabaja, y que no se trabaja, y que no se trabaja..., ¡ray!

-¿Y ellos mandan en ti? ¡Que manden en sus orejas!

-Mandar..., según: mandan y no mandan... Al tiempo que arman esas juelgas (el demonio las coma), todo Dios tiene que sujetarse a la voluntá de quien se le antoja volverlo todo de patas arriba... ¡ray, ray!

-¿Y no se asujetando? -insinuó Sabel-. Su voz trepidaba irritada; veía ya sus economías devoradas por el paro del trabajo, y el querido pedazo de sembradura perdido para siempre, adquirido por la codiciosa vecina, la Norteira, a quien un hijo, desde Montevideo, libraba a veces cantidades. -¿Y no se asujetando? -repitió ante el mutismo de Juan-. ¿Qué señorío tiene sobre de ti, pregunta mi curiosidad, para se meter en si subes o no subes a la Arestía?

-Señorío, ninguno; ya se sabe, mujer; pero una mala partida pronto se le hace a un hombre..., ¡ray!

Volvió Sabel a callar unos instantes. Luchaba con la impresión vaga y siniestra de las palabras de su marido. Su instinto de hembra sagaz le decía también que Juan, indeciso, no esperaba sino el consejo, la excitación de la dona. Fijó los ojos en el arca, en cuyo pico guardaba sus ahorros, y creyó ver salir los duros, tan bien ganados con el sudor del montero, en fila, para mercar el pan diario. Su hombre estaba hecho a la buena comida, al traguito, que arrancar piedra no es como ensartar abalorio..., ¡Y ahora! ¡Con los brazos quietos, con la cantera comprada, con las piezas encargadas, que sabe Dios si los maestros se cansarían y las encargarían a otra parte! ¡Gastar todo el peto; quizá tener que pedir prestado al usurero!... Sabel puso delante de Juan la jarra de loza colmada de vino. El vino da ánimos...

-¿De modimanera que salen con la suya? ¿No arrancas?-porfió así que Juan hubo bebido.

-Si arranco o no arranco, eso se verá -respondió él con arrogancia jactanciosa-. A mí nadie me manda por malas, ¿lo oyes? Y a dormir, que mañana cumple madrugar.

-Si al fin no vas al monte... -insinuó ella, como el que deja caer las palabras.

No hubo respuesta. Cubrió Sabel el fuego, y media hora después apagaba la candileja de petróleo. Al principio durmió con inquieto sueño, no libre de pesadillas; pero hacia el amanecer la salteó el letargo profundo que preparan la buena digestión y el cansancio normal de la labor diaria. Despertó con un rayo de sol matutino y un revuelo de moscas sobre la cara; las maderas, desunidas, dejaban pasar luz y aire. Al sentirse sola en la cama, saltó precipitadamente al suelo, despavorida.

-¡Juan, Juan! -gritó, lanzándose por la escalera, que retemblaba bajo sus pisadas de buena moza.

La cocina estaba desierta; la puerta de la casa, entornada había quedado; de la esquina faltaban las herramientas. No cabía duda: el montero iba camino del monte...

Sabel asomóse a la puerta, tembló; una ráfaga fresca, fría más bien, procedente del mar, que no cesa de abanicar a la tierra mariñana, fue acaso la causa de su escalofrío: reparó que estaba en camisa y que tenía los pies descalzos, y aprisa se metió dentro. Mientras se vistió, el temblorcillo proseguía, y allá en su interior una voz hueca y pavorosa murmuraba palabras de amenaza, de improperios, de maldición. "Te despabilamos a tu hombre, ahora mismo... Le abrasamos la cara, le cortamos el pescuezo... Le sacamos afuera las tripas..." Toda la brutal palabrería de las riñas aldeanas, las interjecciones y tacos de la guapeza rústica, zumbaban en los oídos de Sabel. El bocado de pan del desayuno se le atragantó. Ya no se acordaba de los duros, guardados en el pico del arca, sino sólo de su hombre, de su trabajador, del que lo ganaba, con los recios brazos y el hercúleo esfuerzo...

-¡Ay, si me lo mancan!... ¡Juaniño!

Poco a poco se fue serenando. El día avanzaba, y la claridad del sol es certero conjuro para disipar terrores. Sabel se puso a desgranar espigas de maíz. De improviso oyó en la carretera unas corridas como de animal perseguido que huye; empujaron la puerta y el montero se precipitó, sin sombrero, sin herramienta, cubierto de polvo, en mangas de camisa manchadas de sangre...

-Vienen tras de mí. Escóndeme, mujer...

-¿Qué hiciste, mi hombre?-sollozó Sabel-. ¡Ay pobres, desdichados de nosotros!

-Me salieron al camino. Que no arrancase... Me llamaron vendido. Me querían apalear. Dejé a uno, que ni da a pie ni a pierna. Le partí la cabeza con el picachón, así. ¡Ese ya es ánima del Purgatorio!

-Más vale que sea él que tú -contestó Sabel, abrazándose locamente a su marido, y escuchando ya en la carretera, a lo lejos, el tropel de la gente que perseguía al matador.

Siempre que ocurría algo superior a la comprensión de los vecinos de Paramelle, preguntaban, como a un oráculo, al tío Manuel el Viajante, hoy traficante en ganado vacuno. ¡Sabía tantas cosas! ¡Había corrido tantas tierras! Así, cuando vieron al señorito Roberto Santomé en aquel condenado coche que sin caballos iba como alma que el diablo lleva, acosaron al viejo en la feria de la Lameiroa. El único que no preguntaba, y hasta ponía cara de fisga, era Jácome Fidalgo, alias Mansegura, cazador furtivo injerto en contrabandista y sabe Dios si algo más: ¡buen punto! Acababa el tal de mercar un rollo de alambre, para amañar sus jaulas de codorniz y perdiz, y con el rollo en la derecha, su chiquillo agarrado a la izquierda, la vetusta carabina terciada al hombro, contraída la cara en una mueca de escepticismo, aguardaba la sentencia relativa a la consabida endrómena. El viejo Viajante, ahuecando la voz, tomó la palabra.

-Parecéis parvosa. Os pasmáis de lo menos. ¡Como nunca somástedes el nariz fuera de este rincón del mundo! ¡Si hubiésedes cruzado a la otra banda del mar, allí sí que encontraríades invenciones! Para cada divina cosa, una mecánica diferente: ¡hasta para descalzar las hay!

Con estas noticias no se dio por enterado el grupo de preguntones. Quién se rascaba la oreja, quién meneaba la cabeza, caviloso. Fidalgo tuvo la desvergüenza de soltar una risilla insolente, que rasgó de oreja a oreja su boca de jimio. Con sorna, guardándose el alambre en el bolsillo de la gabardina, murmuró:

-Máquinas para se descalzar, ¿eh? ¿Y no las hay también para...?

Soltó la indecencia gorda, provocando en el compadrío una explosión de risotadas, y chuscando un ojo añadió socarronamente:

-¡A largas tierras, largos engaños! Si el Viajante no acierta a poner claro lo que es ese coche de Judas, vos lo aclararé yo, ¡careta!, vos lo aclararé yo. ¿Vístedes vos el camino de fierro?

-Yo, no... yo, no...

-Yo, sí, cuando me llamaron a declarar en Auriabella...

-Pues igual viene a ser. En trueco de caballos lleva dentro un maquinismo, a modo de reló... Y el maquinismo, ¡careta!, es lo que empuja.

A su vez el Viajante, con desprecio:

-Pero ¿tú no sabes que el tren va por carriles, y esta endrómena por todas las carreteras, hom? ¿Qué tiene que ver lo negro con lo blanco?

-Pues a ver entonces, ¡careta!, en qué consiste.

-En eso.

-Y eso..., ¿qué es?

-Que va, ¿estamos?, por onde se le entoja -declaró enfáticamente el tío Manuel, echando a andar en busca de su yegua.

No quería el tratante esperar a que atardeciese, que es mal negocio para quien lleva dinero en la faja; pero urgíale sobre todo evadirse de aquel interrogatorio comprometedor para su fama de sabiduría universal. Jácome, encogiéndose de hombros, mofándose, tiró de su pequeñuelo, su Rosendo, Sendiño, y se dispuso a emprender también la vuelta a la aldea. No tenía en el mundo más que aquella criatura: su mujer, hallándose recién parida, había muerto a consecuencia del susto de ver entrar a los civiles, que venían a prender al marido por sospechas de no sé qué alijo de tabaco y sal. Solo en la tierra con el chiquillo, Jácome le crió sabe Dios cómo; y ahora se le caía la baba viendo despuntar en Sendiño, a los seis años mal contados, otro cazador, otro merodeador, sin afición alguna al trabajo lento y metódico del labriego, fértil ya en ardides y tretas de salvaje para sorprender nidos y pajarillos nuevos, para descubrir dónde ponen las gallinas del prójimo y aun para engolosinarlas echándoles granos de maíz, hasta atraerlas a la boca del saco. El padre estaba embelesado con tal retoño, y le enseñaba nuevas habilidades cada día. Era la criatura lo único que despertaba en Jácome, bajo la dura coraza metálica que revestía su corazón, palpitaciones de humana ternura.

Apenas echaron carretera arriba, en dirección a las alturas de Sandiás, el chico, traveseando, corrió delante: saltaba sobre una pierna, haciéndose el cojo. El padre, con el instinto siempre vigilante del cazador, escrutaba sin proponérselo los espesos pinares, las madroñeras y los manchones de castaños, que revestían los escarpes pedregosos de la montaña. "Si volase una perdiz, si cruzase una liebre..." Pensaba en esta hipótesis, cuando un relámpago blanco y color canela lució entre un seto. Mansegura se echó la carabina a la cara y disparó casi sin apuntar. Sendiño, loco de alegría, brincó, tomó vuelo, se lanzó en dirección a la maleza. Era su encanto hacer de perro, portando la caza. A los dos minutos salió del matorral el chico, balanceando, agarrada de las patas traseras, una liebre poco menor que él. Padre e hijo se confundieron en un grupo, admirando la hermosa pieza. Caliente estaba aún el cuerpo del animal; la blanca y densa piel de su vientre relucía como seda manchada de sangre; sus enormes orejas pendían; sus ojos se vidriaban.

-¡Careta, lo que pesa! -balbució, gozoso, el cazador, sopesándola, babándose de vanidad paternal, porque Sendiño reía fanfarronamente columpiando su carga.

Y se entretuvieron así, padre e hijo, confundidos en la complacencia de la destrucción y la victoria, palpando la presa, distraídos. Tan distraídos, que el vigilante contrabandista, habituado al acecho, de sentidos despiertísimos, no oyó el ruido insólito, semejante al resuello y jadeo trepidante de alimaña fabulosa y despertó al tener encima ya al monstruo, ¡taf, taf, taf!, al desgarrarle los oídos el rugido de metal de su bocina. Jácome, instintivamente, saltó de costado, evitando la embestida furiosa; vio tendido a Sendo; a su lado, en el polvo, el cuerpo de la liebre... y ya del "coche de Judas" ni rastro, ni señal en el horizonte... Se arrojó fiero, loco, a recoger al niño, que yacía de bruces, la cara contra la hierba de la cuneta; le llamó con nombres amantes, le acarició... El niño le blandeaba en los brazos, inerte, tronchado, roto. Jácome conocía bien las formas que adopta la muerte... Soltó el cadáver y alzó los ojos atónitos, sin llanto, al cielo, que consentía

aquella iniquidad... Después, sobre el padre que sufría se destacó el hombre de lucha, pronto a la acometida y a la emboscada, vengativo y feroz. Cerró los puños y amenazó en la dirección que llevaba el "coche de Judas". ¡No se reirá don Roberto! ¡Se lo prometo yo!... Él va a Paramelle... Allí no duerme... ¡Volverá!

Alzó otra vez a Sendiño, y con infinita delicadeza le transportó a lo más oculto del pinar, depositándole sobre un lecho de ramalla seca. Cerca del muerto colocó la carabina, y la liebre muerta, polvorienta, ¡vengada ella también! Volvió a la carretera, y recorrió un largo trecho estudiando el sitio a propósito para su intento. Una revuelta violenta se le ofreció. Ni de encargo. A derecha e izquierda, árboles añosos avanzaban sus ramas sobre el camino, como brazos fuertes que se brindasen a secundar a Mansegura. Él extrajo del bolsillo el rollo de alambre, desenrolló un trozo, midió, cortó con su navaja, retorció uno de los extremos, calculó alturas, lo afianzó a una rama sólidamente, ensayó la resistencia y, pasando al otro lado, probó si había rama que permitiese tender el hilo metálico recto al través del camino. Mientras practicaba estas operaciones, atendía, no fuera que pasase alguien y le viese. Nadie: la carretera desierta; por allí solo se iba a Sandías y al pazo de don Roberto... Por precaución, sin embargo, Jácome no sujetó el otro cabo del alambre. Tiempo tenía. Con él agarrado se tumbó en el pequeño resalte de la cuneta, y pegó la oreja a la tierra lisa, aguardando. Dos veces saltó y se ocultó en la maleza: eran transeúntes, "gente de a caballo", un cura, una pareja a estilo de Portugal, hombre y mujer sobre una misma yegua, apretados y contentos. La tarde caía, el rocío enfriaba y escarchaba la hierba, enmudecían los pájaros o piaban débilmente. Un sordo trueno, lejano, llenó con su mate redoblar el oído del contrabandista. Ágil, con la precisión de movimientos del impulsivo, se incorporó, amarró firme el otro cabo a la rama y se agachó entre el brabádigo espeso. Si se descuida, ¡careta! El trueno ya se venía encima, resollante y amenazador. ¡Taaf! Mansegura vio distintamente, un segundo, al señorito, su gorra blanca, su rostro guapo, desfigurado por los anteojos negros... "¡Ahora!", pensó. El rostro guapo se tambaleó violentamente, como cabeza de muñeco que se desencola; un alarido se ahogó en la catarata de sangre... Fue instantáneo; el automóvil, loco y sin dirección, corrió a despeñarse por la pendiente, arrastrando a su dueño, a quien el alambre había degollado, con la misma prontitud y limpieza que pudiera la mejor navaja de barbería...

Y Mansegura, después de cerciorarse de que el señorito quedaba bien amañado, se entró en el pinar, recobró su escopeta, echó una mirada de dolor y de triunfo a Sendiño, que parecía dormir, y dejando el camino real, se perdió en los montes, por atajos de él conocidos, en dirección de la frontera portuguesa.

No se hablaba en el país de otra cosa. ¡Y qué milagro! ¿Sucede todos los días que un setentón vaya al altar con una niña de quince?

Así, al pie de la letra: quince y dos meses acababa de cumplir Inesiña, la sobrina del cura de Gondelle, cuando su propio tío, en la iglesia del santuario de Nuestra Señora del Plomo -distante tres leguas de Vilamorta- bendijo su unión con el señor don Fortunato Gayoso, de setenta y siete y medio, según rezaba su partida de bautismo. La única exigencia de Inesiña había sido casarse en el santuario; era devota de aquella Virgen y usaba siempre el escapulario del Plomo, de franela blanca y seda azul. Y como el novio no podía, ¡qué había de poder, malpocadiño!, subir por su pie la escarpada cuesta que conduce al Plomo desde la carretera entre Cebre y Vilamorta, ni tampoco sostenerse a caballo, se discurrió que dos fornidos mocetones de Gondelle, hechos a cargar el enorme cestón de uvas en las vendimias, llevasen a don Fortunato a la silla de la reina hasta el templo. ¡Buen paso de risa!

Sin embargo, en los casinos, boticas y demás círculos, digámoslo así, de Vilamorta y Cebre, como también en los atrios y sacristías de las parroquiales, se hubo de convenir en que Gondelle cazaba muy largo, y en que a Inesiña le había caído el premio mayor. ¿Quién era, vamos a ver, Inesiña? Una chiquilla fresca, llena de vida, de ojos brillantes, de carrillos como rosas; pero qué demonio, ¡hay tantas así desde el Sil al Avieiro! En cambio, caudal como el de don Fortunato no se encuentra otro en toda la provincia. Él sería bien ganado o mal ganado, porque esos que vuelven del otro mundo con tantísimos miles de duros, sabe Dios qué historia ocultan entre las dos tapas de la maleta; solo que... ¡pchs!, ¿quién se mete a investigar el origen de un fortunón? Los fortunones son como el buen tiempo: se disfrutan y no se preguntan sus causas.

Que el señor Gayoso se había traído un platal, constaba por referencias muy auténticas y fidedignas; solo en la sucursal del Banco de Auriabella dejaba depositados, esperando ocasión de invertirlos, cerca de dos millones de reales (en Cebre y Vilamorta se cuenta por reales aún). Cuantos pedazos de tierra se vendían en el país, sin regatear los compraba Gayoso; en la misma plaza de la Constitución de Vilamorta había adquirido un grupo de tres casas, derribándolas y alzando sobre los solares nuevo y suntuoso edificio.

-¿No le bastarían a ese viejo chocho siete pies de tierra? -preguntaban entre burlones e indignos los concurrentes al Casino.

Júzguese lo que añadirían al difundirse la extraña noticia de la boda, y al saberse que don Fortunato, no sólo dotaba espléndidamente a la sobrina del cura, sino que la instituía heredera universal. Los berridos de los parientes, más o menos próximos, del ricachón, llegaron al cielo: hablóse de tribunales, de locura senil, de encierro en el manicomio. Mas como don Fortunato, aunque muy acabadito y hecho una pasa seca, conservaba íntegras sus facultades y discurría y gobernaba perfectamente, fue preciso dejarle, encomendando su castigo a su propia locura.

Lo que no se evitó fue la cencerrada monstruo. Ante la casa nueva, decorada y amueblada sin reparar en gastos, donde se habían recogido ya los esposos, juntáronse, armados de sartenes, cazos, trípodes, latas, cuernos y pitos, más de quinientos bárbaros. Alborotaron cuanto quisieron sin que nadie les pusiese coto; en el edificio no se entreabrió una ventana, no se filtró luz por las rendijas: cansados y desilusionados, los cencerreadores se retiraron a dormir ellos también. Aun cuando estaban conchavados para cencerrar una semana entera, es lo cierto que la noche de tornaboda ya dejaron en paz a los cónyuges y en soledad la plaza.

Entre tanto, allá dentro de la hermosa mansión, abarrotada de ricos muebles y de cuanto pueden exigir la comodidad y el regalo, la novia creía soñar; por poco, y a sus solas, capaz se sentía de bailar de gusto. El temor, más instintivo que razonado, con que fue al altar de Nuestra Señora del Plomo, se había disipado ante los dulces y paternales razonamientos del anciano marido, el cual sólo pedía a la tierna esposa un poco de cariño y de calor, los incesantes cuidados que necesita la extrema vejez. Ahora se explicaba Inesiña los reiterados "No tengas miedo, boba"; los "Cásate tranquila", de su tío el abad de Gondelle. Era un oficio piadoso, era un papel de enfermera y de hija el que le tocaba desempeñar por algún tiempo..., acaso por muy poco. La prueba de que seguiría siendo chiquilla, eran las dos muñecas enormes, vestidas de sedas y encajes, que encontró en su tocador, muy graves, con caras de tontas, sentadas en el confidente de raso. Allí no se concebía, ni en hipótesis, ni por soñación, que pudiesen venir otras criaturas más que aquellas de fina porcelana.

¡Asistir al viejecito! Vaya: eso sí que lo haría de muy buen grado Inés. Día y noche -la noche sobre todo, porque era cuando necesitaba a su lado, pegado a su cuerpo, un abrigo dulce- se comprometía a atenderle, a no abandonarle un minuto. ¡Pobre señor! ¡Era tan simpático y tenía ya tan metido el pie derecho en la sepultura! El corazón de Inesiña se conmovió: no habiendo conocido padre, se figuró que Dios le deparaba uno. Se portaría como hija, y aún más, porque las hijas no prestan cuidados tan íntimos, no ofrecen su calor juvenil, los tibios efluvios de su cuerpo; y en eso justamente creía don Fortunato encontrar algún remedio a la decrepitud. "Lo que tengo es frío -repetía-, mucho frío, querida; la nieve de tantos años cuajada ya en las venas. Te he buscado como se busca el sol; me arrimo a ti como si me arrimase a la llama bienhechora en mitad del invierno. Acércate, échame los brazos; si no, tiritaré y me quedaré helado inmediatamente. Por Dios, abrígame; no te pido más".

Lo que se callaba el viejo, lo que se mantenía secreto entre él y el especialista curandero inglés a quien ya como en último recurso había consultado, era el convencimiento de que, puesta en contacto su ancianidad con la fresca primavera de Inesiña, se verificaría un misterioso trueque. Si las energías vitales de la muchacha, la flor de su robustez, su intacta provisión de fuerzas debían reanimar a don Fortunato, la decrepitud y el agotamiento de éste se comunicarían a aquélla, transmitidos por la mezcla y cambio de los alientos, recogiendo el anciano un aura viva, ardiente y pura y absorbiendo la doncella un vaho sepulcral. Sabía Gayoso que Inesiña era la víctima, la oveja traída al matadero; y con el feroz egoísmo de los últimos años de la existencia, en que todo se sacrifica al afán de prolongarla, aunque sólo sea horas, no sentía ni rastro de compasión. Agarrábase a Inés, absorbiendo su respiración sana, su hálito perfumado, delicioso, preso en la urna de cristal de los blancos dientes; aquel era el postrer licor generoso, caro, que compraba y que bebía para sostenerse; y si creyese que haciendo una incisión en el cuello de la niña y chupando la sangre en la misma vena se remozaba, sentíase capaz de realizarlo. ¿No había pagado? Pues Inés era suya.

Grande fue el asombro de Vilamorta -mayor que el causado por la boda aún- cuando notaron que don Fortunato, a quien tenían pronosticada a los ocho días la sepultura, daba indicios de mejorar, hasta de rejuvenecerse. Ya salía a pie un ratito, apoyado primero en el brazo de su mujer, después en un bastón, a cada paso más derecho, con menos temblequeteo de piernas. A los dos o tres meses de casado se permitió ir al casino, y al medio año, ¡oh maravilla!, jugó su partida de billar, quitándose la levita, hecho un hombre. Diríase que le soplaban la piel, que le inyectaban jugos: sus mejillas perdían las hondas arrugas, su cabeza se erguía, sus ojos no eran ya los muertos ojos que se sumen hacia el cráneo. Y el médico de Vilamorta, el célebre Tropiezo, repetía con una especie de cómico terror:

-Mala rabia me coma si no tenemos aquí un centenario de esos de quienes hablan los periódicos.

El mismo Tropiezo hubo de asistir en su larga y lenta enfermedad a Inesiña, la cual murió -
¡lástima de muchacha!- antes de cumplir los veinte. Consunción, fiebre hética, algo que expresaba
del modo más significativo la ruina de un organismo que había regalado a otro su capital. Buen
entierro y buen mausoleo no le faltaron a la sobrina del cura; pero don Fortunato busca novia. De
esta vez, o se marcha del pueblo, o la cencerrada termina en quemarle la casa y sacarle arrastrando
para matarle de una paliza tremenda. ¡Estas cosas no se toleran dos veces! Y don Fortunato sonríe,
mascando con los dientes postizos el rabo de un puro.

Nos detuvimos ante la iglesia ojival, abierta al culto, pero agrietada de un modo amenazador, ruinosa por el abandono de las generaciones, indiferentes a tanta hermosura. El sol iluminaba oblicuamente los canecillos de la imposta, prolongando las graciosas caricaturas del imaginero antiguo en sombras grotescamente elegantes. La floreada cruz recordaba sus pétalos de piedra dorada por los siglos sobre un fondo de un azul transparente como cristal veneciano. Y en la desierta plazuela irregular, donde los atrios sobrepuestos de los templos parecen disputarse la devoción del creyente y el interés del artista, no había más que nosotros y las golondrinas, describiendo su airosa curva rápida y silbadora, que desgarra el aire.

Como yo me apoyase en uno de los pilares del pórtico, mi cicerone -uno de esos duendes familiares imprescindibles en los pueblos de tradición, que conocen los secretos bien guardados de las silenciosas piedras señaló hacia el pilar, apoyó el dedo en la base, donde muere la columna formando un esconce, y silabeó:

-Este rinconcito recuerda un hecho novelesco, que pudiera también llamarse histórico, aunque ningún historiador lo haya recogido en sus anales.

Pedí aquel pedazo de alma que dormía cautivo en la piedra, olvidado de la gente, y el cicerone, con más pintorescos detalles de los que yo puedo recordar, me refirió la anécdota.

Según el improvisado cronista, esto pasaba en el tiempo de los pronunciamientos liberales a favor de una Constitución llamada a labrar la felicidad de los españoles... Una de las muchas ensoñaciones de oro y luz que dejan, al desvanecerse, tal vacío en la vida y tal desencanto en los espíritus... Lo cierto es que de la Niña bonita, o sea la Constitución salvadora, andaban enamorados muchos brazos mozos en toda España; y no enamorados platónicamente, sino con resolución firme de dejar por ella fluir de cien heridas la encarnada sangre, y saltar del roto cráneo los sesos, si los tuviesen. Sin embargo, la Niña bonita, que no era celosa, permitía infidelidades a sus galanes, y aquellos exaltados políticos tenían aventuras en las cuales ponían también su alma juvenil, de época en que no se nacía viejo.

Este era el caso de Ramón Villazás, que, sin descuidar la propaganda, reuniéndose todas las noches con las demás cabezas calientes del pueblo para preparar el golpe cuando de Madrid... o de más cerca llegasen instrucciones precisas, no dejaba tampoco de asistir puntual a cuantas funciones se celebraban en esta misma iglesia cuya fachada corona la cruz de pétalos de flor. Ni las novenas con sus gozos y letanías, ni las salves, ni las misas cantadas y rezadas, ni el rosario marmoneado al oscurecer, hubiesen atraído a Ramón, si no se diese la casualidad de que una beatita de ojos de infierno y labios de llama -que bajo la mantilla resplandecían como gajos de coral avivados por el agua salobre-, también hacía sus devociones aquí.

Y la beata, la linda Tecla Roldán, correspondía a las miradas y señas de Ramón con mayor empeño de lo que quisiera el comandante de la fuerza acantonada en el pueblo a fin de asegurar el orden y defender a la sociedad contra sus "eternos enemigos". Como que en la beatita, doncella rica y noble, había puesto el jefe la mira, para hacerla su esposa. Al enterarse de que el más empedernido de los conspiradores locales era también el apasionado de Tecla, redobló sus deseos de coger entre puertas a Ramón Villazás.

El cual, sin menguar en fervor político, sentía aumentarse el religioso, y a ser cera estas columnas, guardaría la impronta del gallardo cuerpo que tantas veces se reclinó en ellas, aguardando la salida de las rezadoras para alumbrarse el alma con el negro reflejo de unas pupilas y el carmesí relámpago de risa de unos labios. Para entretener la impaciencia fumaba Ramón papelito tras papelito, y cuando la gente empezaba a salir, retiraba de los labios el cigarro, lo depositaba en ese esconce donde se unen la base y el fuste, precipitábase hacia la portada interior, donde el ángel Gabriel, esbelto y delicado, labrado en piedra, sonreía a la Virgen, envuelta en la simetría de los pliegues de su túnica gótica, y sin conceder atención a la gentileza de las dos figuras, acechaba el paso de Tecla, que salía con los ojos bajos, para murmurar a su oído palabras del color de su abrasada boca... Después, Ramón echaba a andar, y recogiendo su cigarro, lo encendía de nuevo si se había apagado ya, y se largaba cuesta arriba detrás de su quebradero de cabeza, para encontrarla otra vez en la penumbra de los soportales y decirle de nuevo lo ya sabido de memoria.

Sucedía todo esto en un invierno largo y lluvioso, durante el cual se tramó, aplazándolo para la primavera, estación favorable, uno de esos alzamientos, seguro término de un ominoso estado de cosas.

Y al asomar el renuevo, pintado de un verde más tierno la campiña y haciendo brotar las locas gramíneas y los junquillos tempranos, una mañana que más convidaba a amor que a lucha, salieron del pueblecito para reunirse con fuerzas que suponían acampadas ya a corta distancia, unos cuantos exaltados -muchos menos de los comprometidos, porque, cuando el momento llega, la gente se tienta la ropa-. Entre los que no retrocedieron contábase Ramón Villazás. Iba embriagado de esperanza, frenético de alegría, convencido de que era el resultado infalible y de que volvería y pasaría bajo los balcones de Tecla, triunfador, entre aclamaciones y vítores...

Y poco después volvía, en efecto, cubierto de polvo, destrozada la ropa, liados con una soga boyal los brazos al pecho, ensangrentada la sien de un fogonazo. El comandante había tenido soplo y acechaba; se les siguió de cerca; la fuerza que contaban encontrar más allá del puente, pronunciada, amiga, no se había movido de su cuartel en la capital de provincia, abortado el movimiento a última hora por noticias de Madrid; y al día siguiente, Ramón y tres de sus compañeros salían de la cárcel para ser pasados por las armas en un campillo próximo a esta iglesia... Quería despachar pronto el comandante.

Ramón caminaba con paso firme. Entre sus labios oprimía un cigarro acabado de encender. Al encontrarse delante del pórtico, sus ojos se fijaron en él con insistencia amorosa. Creía ver bajo su arcada a una beatita de rostro nimbado por la mantilla, tras de la cual resplandecen dos ojos de misterio y una boca de tentación. Y, con acción instintiva, recordando las veces que había cruzado aquel pórtico, para espiar la salida de su amada, quitóse el cigarro de los labios y lo dejó en el acostumbrado esconce, como si hubiese de volver por él...

Ya estaba arrodillado y vendado, aguardando la descarga, cuando sudoroso, jadeante, agitando los brazos, llegó un ordenanza, que acababa de reventar un buen caballo para traer el indulto... Estos golpes teatrales no escaseaban en tal época, en que las pasiones, los odios y los fanatismos jugaban con vigor sanguíneo a salvar o perder vidas. Tecla, que se había arrojado bañada en lágrimas a los pies del capitán general, el terrible Eguía, esperaba detrás de su ventana, medio muerta de fatiga y miedo, el desenlace...

Los reos, ya perdonados, subían la cuesta que conduce del campillo a los atrios sobrepuestos... Ramón reía y bromeaba, y el pitido de las golondrinas resonaba jubiloso en su corazón. ¡Aún quedaban horas de amor, aún vería las pupilas de sombra y los labios bermejos! Al cruzar ante el pórtico, buscó su cigarro en el esconce, lo recogió con movimiento pronto y volvió a encenderlo y a chuparlo...

Era esa hora en que, sin espesarse aún las sombras de la noche, se levanta un soplo frío y se ve ya la luna, como arco pálido, en el oro verdoso de cielo donde se apagan las últimas claridades solares, cuando encontré al ciego y a la niña que le sirve de lazarillo sentados en un ribazo del camino, descansando.

Me interesan, me atraen los mendigos de profesión. Son un resto del pasado; son tan arcaicos y tan auténticos como un mueble o un esmalte. Van a desaparecer; se cuentan en el número de lo que la evolución inevitable se prepara a borrar con el dedo. A la vuelta de una centuria no quedará en la redondez de la tierra hombre dispuesto a tender la mano a otro. La limosna está desacreditada; el que puede darla desconfía, ve doquiera lisiados fingidos que esconden millones en los andrajos; el que puede pedirla va creyendo que tiene derecho a más, a cosa diferente, que se rebaja, que se deshonra. El altruismo científico desdeña la caridad. El ciego que hallo en este camino de aldea orlado de madreselvas en flor que embalsaman, al pie de un castaño, tiene ya para mí algo de la poesía melancólica del anochecer que envuelve su figura, y al darle unas monedas de vellón, creo estar realizando un deporte de la Edad Media, a la puerta de algún reducido santuario, o interrumpiendo el bordado de un tapiz, sentada en el poyo de alguna fenestra ojival.

Goza de gran popularidad este ciego. Llámase el tío Amaro, el de la Espadanela, y le conocen y solicitan en veinte leguas a la redonda para todas las fiestas, holgorios, bodas y romerías, donde su zanfona y sus cantares son complemento obligado del regocijo de la gente aldeana. El primer vaso de clarete y la primera escudilla de caldo, al tío Amaro se destinan. Antaño le guiaba un rapaz más malo que la rabia, listo como una centella, un pillete digno de que le incluyese Murillo en su colección de granujas; pero el chico creció; el rey se dignó reclamarle para su servicio, y como no tenía las pesetas de la redención, allá se fue a barrer el cuartel, mondar patatas y desempeñar otros menesteres igualmente marciales y heroicos. En las funciones de lazarillo del ciego de Espadanela le emplazaba ahora Sidoriña, alias Finafrol, una abandonada a quien sus padres, al embarcar para Buenos Aires, dejaron en el puerto, como se deja un trasto ya inútil que no vale el trabajo de izarlo a bordo. Allí estaba Finafrol, con sus ojos verdes, enigmáticos, de líquida pupila; su carita retostada por el sol, que es la linterna de los vagabundos; sus greñas color de cáñamo, que la iluminaban como un nimbo, y los remiendos de su saya de grana desteñida, y los pies descalzos, encallecidos en el trajín de caminar a toda hora sobre polvo seco, guijarros y abrojos picones.

-¿Dónde se duerme hoy, Sidoriña?

-En la posada de los pobres -contestó naturalmente, con una sonrisa que parecía significar: "¿Dónde ha de ser?"

Y... la verdad es que yo no sabía hacia qué parte cae esa posada de los pobres. En el primer momento creí que era el cielo raso, el diamantino pabellón de estrellas que Dios extiende gratis sobre el mundo; después calculé que sería cualquier alpendre, cualquier pajar que los dos mendigos encontrasen. A estos bergantes, ya se sabe, les viene bien todo; aquí caen, aquí se agarran; no hay garrapata más mala de desprender que ellos. El cubil ruinoso y hediondo del cerdo, el tibio establo de la vaca, el hórreo vacío, la choza en construcción, excelentes para una noche. Los aldeanos, con bastante frecuencia, en invierno, les permiten acostarse a la vera del hogar, al amor del rescoldo que se extingue. Las únicas puertas que no se abren para el vagabundo son las de los ricos... Allí ya no llaman. ¿Para qué?

Mientras el ciego, creyendo su deber pagar la limosna, se levanta rígido, envuelto en el capotón mugriento, previene la zanfona, le arranca un melodioso mosconeo, y entona en ronca voz las más perfiladas coplas de su repertorio de salutación y alabanza, no ceso de pensar qué será esa posada de los pobres, en la cual están seguros el viejo y la niña de pasar la noche, que ya cae derramando cenizosa neblina entre la arboleda y sobre los setos floridos, cristalizando la tierra con el rocío glacial de los primeros crepúsculos de otoño. Sidoriña, también en pie, rasca una contra otra dos grandes veneras o conchas de Santiago, acompañando el canticio del ciego y el zumbido de la zanfona, y me cuesta trabajo que interrumpan la serenata, porque se consideran obligados estrictamente a dar, por cada perrilla, una copla lo menos. Así que logro imponerles silencio, pregunto a Finafrol, acariciando sus guedejas de cáñamo tosco y enredado:

-A ver, rapaza... ¿qué posada de los pobres es esa?

-¿No sabe? -exclamó, atónita de mi ignorancia-. Es ahí, en la casa del tío Cachopal. Ahí en el mismo lugar de Miñobre... Según se baja para la carretera de Areal, a la orilla del mar... Antes del molino de Breame.

-La mochacha no esprica -intervino el ciego, sentencioso y solícito-. Esto de la posada lo hay que espricar, porque los señores del señorío, ¿qué les importa? A ellos no les hace falta, que tienen sus boenas camas compridas, con sus seis colchones para la blandura, si cuadra, y sus doce mantas si corre frío, y sus tres colchas muy riquísimas; pero al pobre que anda a las puertas, conviénele saber dónde está seguro el tejado y el saco relleno de paja para no se molestar tanto las costillas. Por el día, al ciego -y se dio un golpe en el esternón- no le falta una sombra en que remediarse con la caridad que va recogiendo de las boenas almas; y si, verbo en gracia, no tiene más que unas pataquitas crudas, tan conforme... ¡Nunca nos falten, Asús y la Virgen! Finafrol apaña ramas secas, arma fuego y asa las patatas, o las castañas, o la espiga tierna, o el tocino rancio, o lo que venga en la alforja, lo que los dinos caballeros del Señor misericordioso nos quisieron dar... Pero

luego escurece, ¡escurece!, y un hombre, aunque se quiera valer con la capa, no se vale, que la friaje le entra mismo hasta la caña de los huesos. Ahí está la cuenta porque el ciego -otra puñada que sonó como en olla vacía- siempre reza por el tío Cachopal y por el alma de sus obligaciones y de su abuelo, ¡que ya en tiempo de él era allí posada de pobres! ¡Si hacerá para arriba de cien años! Esa casta de Cachopal es toda así, tan santa, que con la sangre de ellos se pueden componer medicinas. El abuelo fue quien discurrió que tenían un cobertizo muy grandísimo y que los pobres podíamos dormir allí ricamente. El ciego -golpe a la zanfona- lleva ya cincuenta años de pedir por los caminos, y cuando no tiene cama, ¡arriba, a casa de Cachopa! Nos da un saco lleno de paja o de hierba, y la cena, el caldo caliente... Así hizo su padre, así su abuelo, así hacen él y la mujer todo el año. Que se junten veinte pobres, que se junten más, no falta el saco de paja ni el caldo de berzas.

Nadie se acuesta con la barriga vacía, nadie, ni un can. Y con licencia de usía vamos cara allá, ei, Finafrol..., que ya cai el orvallo; ya será tarde. ¡Santas y boenas noches nos dé Dios! ¡A la obediencia de usía!

La chiquilla y el ciego se levantaron, y despacito emprendieron su caminata, desapareciendo lentamente entre la neblina gris, húmeda, que penetraba de melancolía el corazón. Esperábalos allí la caridad aldeana, la caridad tosca y sencilla y alegre de los tiempos medievales, que ni se anuncia en periódicos ni se premia en sesiones académicas, entre guirnaldas de discursos y derroche de retórica moral. Oscura y humilde, la familia de cristianos labradores, que desde hace un siglo da posada al peregrino y de comer al hambriento, no extraña que no lo sepan sino los que lo necesitan, y tal vez llega a encontrar su único placer, el interés de su oscura existencia, en la reunión de los andrajosos dicharacheros, a su manera oportunos, socarrones, expertos, enterados de todas las noticias. A dos pasos de la civilización, ahí está esa pintada tabla mística, ese hogar franciscano abierto al mendigo.

-¿Usted cree que las almas están sujetas a leyes fisiológicas? -me preguntó el médico rancio y anticuado, de quien se burlaban sus jóvenes colegas-. ¿No le parecen mojigangas esas pretendidas leyes de la herencia, del atavismo y demás? ¿Usted supone que por fuerza, por fuerza, hemos de salir a la casta, como si fuésemos plantas o mariscos? Lo que caracteriza nuestra especie, a mi modo de ver, es la novedad de cada individuo que produce... Nacemos originales... Somos ejemplares variadísimos...

Cuando así hablaba, salíamos del hermoso soto de castaños que rodea la aldeíta de Illaos, y nos deteníamos al pie de uno, ya vetusto y carcomido, que sombreaba cierta casuca achaparrada y semirruinosa. A la puerta, un viejo trabajaba en fabricar zuecos de palo. Alzó la cabeza para saludarnos, y vimos un rostro de mico maligno, en que se pintaban a las claras la desconfianza, la truhanería y los instintos viciosos. En aquel mismo punto, una vieja de cara bestial, de recias formas, de saliente mandíbula y juanetudos pómulos, llegó cargada con un haz de tojo que porteaba en la horquilla, y que depositó sobre el montículo de estiércol, adorno del corral.

-Fíjese usted bien -advirtió el médico- en esta pareja. A él, por sus aficiones, le llaman el tío Juan del Aguardiente, y a ella la conocen todos por Bocarrachada (Bocarrota), porque dice cada cosaza que asusta; pero no crea usted que se contenta con decir; apenas nota que su marido hace eses, le mide las costillas con ese mismo horcado de cargar el tojo. Padre alcoholizado y madre feroz..., ya se sabe: la progenie, criminal, ¿no es eso?

Y como nos hubiésemos alejado algún tanto de la casucha, el médico añadió, hablando lentamente, para que produjesen mayor efecto sus palabras:

-Pues esos que acaba usted de ver... son el padre y la madre de un santo.

-¿De un santo? -repetí sin comprender bien.

-De un santo, que está en los altares, a quien se le reza...

-¿Un santo... canonizado, verdadero?

-Beatificado solemnemente en Roma... de canonización inminente... En la catedral de Auriabella ya está en un retablo su efigie.

-¿Un mártir, claro es?

-Un mártir jesuita, sacrificado por los japoneses con todo género de refinamientos... Se conocen detalles sublimes de sus últimos instantes; no ha recibido nadie una muerte horrorosa con tanta entereza ni con más alegría. No crea usted que fue mártir casual: su aspiración de siempre era esa, ir a predicar a los que desconocen el Evangelio y derramar su sangre para atestiguar la fe. Desde pequeñito le sedujo tal idea, y puede decirse de él lo que de pocos: que de la tela de sus sueños cortó su destino.

-¿Y cómo pudo-exclamé sorprendido- ordenarse de sacerdote, estando en poder de semejantes padres, que le dedicarían a recoger esquilmo y apacentar la vaca?

-¡Ah! Es que como era un chiquillo notable por su fervor y su inteligencia, el cura que le había enseñado la doctrina se fijó en él, le escogió para ayudar a misa, y de monaguillo pasó a sacristán, y de sacristán a una plaza gratuita en el Seminario de Auriabella... Los padres consintieron figurándose que allí se les criaba un futuro párroco; tener un hijo párroco es la ambición de un aldeano. ¡Había que verlos cuando se convencieron de que el rapaz, después de cantar misa, no quería economatos ni curatos, sino entrar en una Orden! Estuvo en poco que entablasen pleito o reclamasen indemnización...

-Y ahora que ven a su hijo en los altares, ¿qué dicen? Será curioso.

-¡Vaya si es curioso! Más de lo que usted presume... Cuando se supo en Auriabella el suplicio atroz del que llama el vulgo San Antonio de Illaos; cuando se tuvieron pormenores de aquella admirable constancia del joven mártir, que repetía en las torturas, al sentir las agudas cuñas hincársele en los dedos apretados por tablillas y en las piernas sujetas al cepo: "Jesús mío, sólo te pido que los salves, que les abras los ojos", refiriéndose a los impasibles verdugos que le atormentaban con asiática frialdad; cuando se comprendió que el expediente de beatificación iba a iniciarse con la rapidez que en casos tales se acostumbra, el obispo de Auriabella quiso venir a Illaos a dar en persona la enhorabuena a los padres del triunfador, los cuales ni sabían su triunfo ni su muerte. Era el obispo de Auriabella -que poco después falleció y ya estaba bastante enfermo del corazón- un señor bondadoso, lleno de unción y de dulzura, de esos que todo lo gastan en caridades; un verdadero pastor, humilde con dignidad, y alegre y chancero de puro limpia que tenía la conciencia; pero al venir a Illaos bajo la impresión de un hecho tan solemne, se encontraba muy conmovido; traía los ojos humedecidos, la respiración cortada y fatigosa, y aún parece que le estoy viendo en el momento en que, al divisar la choza de Juan del Aguardiente, saltó aprisa del caballejo que le habíamos proporcionado, se descubrió y se inclinó hasta el suelo ante los padres del confesor de Jesucristo... El viejo y la vieja le miraron pasmados, sin saber lo que les pasaba: él, con su zueco a medio desbastar en la mano; ella, con una sarta de cebollas que acababa de enristrar; y como su ilustrísima, sofocado de emoción, no pudiese articular palabra, tuvo el arcipreste -sacerdote de explicaderas, orador sagrado de renombre, de genio franco y despejado- que tomar la ampolleta y dirigirse a los dos aldeanos atónitos y algo recelosos además -no se sabe nunca qué intenciones traen los señores.

-Vengo a darles una buena noticia, amigos -declaró con afabilidad y hasta con cariño el arcipreste.

-¿Una buena noticia? Amén y así sea -barbotó socarronamente el tío Juan-, que malas ya vienen todos los días, señor.

-Pues esta es tan buena, y, diré más, tan excelente, que otra así no la habrá recibido nadie de la parroquia, y pocos, muy pocos, en el mundo; sólo los escogidos, los designados por Dios y favorecidos con su especial misericordia, podrán recibirla igual. ¡Alégrense, mis amigos! Prepárense a dar gracias a la Providencia.

La vieja se decidió a soltar de la mano la ristra de cebollas, y se aproximó, abriendo su bocaza sin dientes, sombría. El del Aguardiente guiñó los ojuelos, rezongando:

-A ver luego si nos ha caído una grande herencia de muchos intereses, señor abad.

-Mejor es que una herencia; mejor que cuantos bienes terrenales les cayesen, ¿se hacen cargo? Es que su hijo, Antonio, el fruto de sus entrañas, ha sido elegido, ¡qué gloria tan incomparable!, para dar testimonio de Cristo... Allá en unas tierras que están muy, muy lejos de aquí, su hijo ha confesado la fe, y la Iglesia, dentro de poco, le colocará en los altares, ¿entienden ustedes bien?, en los altares, donde todos nos arrodillaremos para pedirle que interceda por nosotros...

-Sí, todos le pediremos, será nuestro abogado -afirmó el obispo, cruzando las manos fervorosamente, en un transporte de su hermosa alma, rebosante de piedad y unción.

La madre -laboriosa, tardíamente- adivinó algo extraño. ¿En los altares? ¿Qué era aquello? ¿Sería...? Y, encarándose con el arcipreste, interrogó agresiva y ronca:

-¿Hanle matado? Me diga. ¿Hanle matado?

-Su alma -respondió el arcipreste- subió gloriosa al cielo, después de sufrir el cuerpo miserable tormentos muy crueles, que no consiguieron quebrantar su ánimo. ¡Esa es su corona! -añadió, conmovido también, mientras el obispo, gravemente, trazaba en el aire la bendición sobre las cabezas de los padres del santo.

La mal hablada callaba... Algo oscuro se removía en el fondo de su ser; algo que era a la vez sentimiento y brutalidad, pena y protesta, y que se resolvió en lágrimas tardías, más que derramadas, exudadas por los encarnizados, durísimos ojos... Y al fin, arrancándose las greñas grises, hiriéndose el huesudo pecho con las manos nudosas y negras, exclamó desesperada:

-¡Antón! ¡Antoniño! ¡Yalma mía! ¡Siempre lo dije, siempre lo dije, que habías de morir de mala muerte! ¡De muerte fea!

Hubo un movimiento de indignación en los familiares, en los señores del acompañamiento... Solo el obispo no se enojó... Volviéndose al arcipreste, murmuró:

-Es la madre. Silencio. Dadles el dinero que se pueda, y vámonos.

El arcipreste se encogió de hombros y, en confianza, me susurró a mí:

-En vez de ir a predicar al Japón, debió quedarse predicando en su parroquia San Antonio... Falta hacía...